偵探的五個季節

Five Seasons With a Detective

五つの季節に探偵は

逸木裕
ITSUKI YU

詹慕如 譯

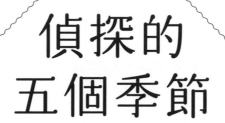

目錄

虛假的女孩——二〇〇二年・春

1

小時候的我，不懂什麼叫沉迷。

小學、中學時，身邊經常有沉迷於某些東西的人。住在隔壁的瀨崎沉迷於小提琴，不斷挑戰各種大賽。中學跟我一起進了壘球隊的齋木，在我完全無感的引退賽上放聲大哭。

兩週前，我——榊原綠，正式升上了高二。

回顧這十七年，我的人生就像是「常溫自來水」一樣。運動和念書我都喜歡，也還算擅長，對任何事都充滿好奇心，身邊有不少朋友，跟家人的關係不錯。成績單上大部分都取得五段評分中的四分，沒有特別擅長的科目，也沒有格外吃力的科目。就像是清潤順口、溫度恰到好處，包含了適量礦物質，稱得上好喝的自來水。

我並不要求自己成爲難以呑嚥的熱水、過甜的糖水，或是給舌頭帶來太多刺激的碳酸飲料。我曾經在路上跟大賽中落選的瀨崎擦肩而過，當時他整個人彷彿失了魂，只有軀體勉強留在世間。我並沒有「不想像他一樣」，或者反過來「好羨慕他那麼熱衷於某件事」的想法。我只是認清現實，知道自己跟沉迷無緣，從今以後應該也是如此。

高一、高二持續擔任的圖書股長也是一樣。有些人會很投入這些班級活動，但我只是單純因爲班上沒人想當，才接下這份工作，每天漫不經心地完成份內的工作。

所以對我來說，那本文庫本也只是日常業務之一。

「不好意思，這本逾期了。」

午休時，在圖書室的櫃檯前。讀碼機掃過同學本谷怜遞出的文庫本後，顯示已逾期一個月之久。看來是春假前就借的書。

「下次要注意喔。」

我說完這句話的瞬間，怜不高興地皺起眉毛。我覺得自己口氣應該沒有太凶，對方會有這種反應我十分不解。怜無言地轉身，還故意踩著重重的腳步離開。

這時我才發現。

文庫本的封底，透明的塑膠封套上開了一個約莫指尖大小的小孔。洞孔的邊緣有點泛黑。

「怜。」

正因我不沉迷於任何事，更覺得該做好份內的工作。我帶著這份使命感走出圖書室，叫住了怜。

「這是什麼？怎麼會弄成這樣？」

我遞出那本書，但怜看都不看，只是瞪著我。

「逾期的事，我不是道歉了嗎？」

「我不是在說這個。妳看書的這裡，這是什麼？」

「啊？」

我指著封底那個洞，怜沒理我，再次轉身。我心想，繼續逼問也沒有用，於是默默看著她離開的背影。

塑膠孔傳出某種味道。湊近一聞，是混著舊書霉臭，略帶燒焦的味道。

是火。

這是用火燒過的痕跡。

午休快結束，走回教室的路上，我又遇到另一件事。松岡好美那幫人包圍著某個人，看起來應該是學妹。

好美是我們這個年級的大姊頭。她從一年級開始人脈就很廣，在高年級生和教師之間也都有門路。她的夥伴意識極強，對自己人很好，可是一旦判斷對方非我族類，就會毫不留情。

到目前爲止，我哪邊都不是。漫不經心地待在這個班上的我，不是她想拉攏爲夥伴的對象，也沒有強烈到讓她想要排除的存在感。

「哭屁啊，少在那邊裝可憐，明明是妳的錯吧？」

面對強勢的好美，那個學妹淚眼婆娑。走廊上的學生都假裝沒看到這單方面的暴力行爲，冷眼走過。我並不覺得這樣有什麼不對。別自不量力地對抗強者，這是爲人處世的基本道理。

「好美。」

我跟她打了聲招呼，咧嘴一笑，比比手錶。

「午休快結束了，回教室吧。」

「榊原，妳少囉唆。關妳屁事啊，快滾。」

鐘聲剛好在這時候響起。好美似乎嚇了一跳，她啐了一聲後走向教室。她身邊那群女生瞪了我一眼，便跟上去。我對學妹笑了笑。她怯懦地縮起身子，快步離開了。

我偶爾會這麼做。進入有人發怒的局面中，澆下一些適溫的水。被澆了水的一方會因此失去興致，作鳥獸散。我一直很擅長這類能將場面調整爲適溫狀態的話語、表情，或者行動。

我並不打算扮演什麼正義使者。雖然我想幫助人，也希望獲得別人的感謝。有時候我會覺得麻煩，逕自走過，有時候會看不下去，試圖出聲制止。我就是個各種情感糾結在一起的人。簡單地說，都只是當下的一時興起。

走進教室，只見怜坐在角落。怜望著窗外，避開我的視線。我回到自己的座位上。

「上課了。Stand up, please!」

教英文的清田老師剛好走進來，大家起立行了禮。

——清田老師剪頭髮了耶。

才剛坐下，鄰座的進藤萌音就附在我耳邊這麼說。確實，那總是推高打薄的兩側頭髮顯得更短了。「真虧妳注意到了。」聽到我的回話，她顯得有些得意。

萌音正「沉迷」於戀愛。

我跟萌音認識很久，她從小二就開始交男朋友，之後也陸續和好幾個男生分分合合。若想知道萌音是不是在談戀愛，十分容易分辨。從她頭髮的分邊到嘴角彎起的角度，身體每個細節都會嚴格維持最佳的「進藤萌音」狀態。這種事我就辦不到。

再看看清田老師。

一如往常，他是個像太陽一樣的老師。去年和今年都是我們的代理學年主任。個子高、年輕，性格開朗又充滿知性。由於小時候在美國生活，他的英語說得非常流暢。聽說自從清田老師來了之後，學生整體的英文能力提高了不少。難怪不單是萌音，其他女生也喜歡他。

——欸，上次說的那件事，後來怎麼樣了？

萌音問我。妳上課時問我這個？——眞拿她沒辦法，但又不能不回答。

——不是說過了嗎？不可能啦。

——妳跟妳爸提了嗎？我知道清田老師還沒結婚，但我想要有更多資訊嘛。比方說他喜歡什麼、有沒有女朋友之類的。

——我沒提。我爸是靠這行吃飯的，他可不會免費幫忙。

——是嗎？就算是妳開口，他也不幫忙嗎？你是他的寶貝女兒耶。

「進藤、榊原！What's going on!?不要偷偷聊天！」

「啊，Sorry teacher!」

萌音半開玩笑地回答，教室裡瞬間一片鼓譟。她連被老師警告都覺得開心。戀愛中的萌音眞的天下無敵。

——拜託啦，小綠。妳再去求求妳爸嘛，畢竟……

萌音又壓低了聲量。

——畢竟妳爸是偵探啊。

2

吃完晚餐，我回房躺在床上。

「畢竟妳爸是偵探啊。」

不光是萌音，全年級的學生都知道我爸是私家偵探。

他現在一個人經營「榊事務所」這間偵探社。三年前他離開大型偵探社獨自創業，我家一樓就是他工作的地方。「外遇調查/失蹤人口搜尋/跟蹤狂、騷擾對策/其他，任何問題都歡迎洽詢。免費估價」。家門前就放著這麼一塊招牌，讓我再也無法邀朋友到家裡來玩。

我自己也覺得爸爸的工作有點奇怪，所以完全不在意別人拿他的職業來取笑我。有人出於好奇問「偵探都在做些什麼?」，我也無所謂。最頭痛的就是像萌音這樣想間接委託工作的狀況。

想辦法讓學長和女友分手。能不能幫忙找出養在公園的那隻野貓?我三歲時父母離異，希望幫忙找回離家的母親。這些都是實際來找過我的案子。像萌音這種本來就是朋友的，我還能好好拒絕，如果是不熟的人就難辦了。要是一直拒絕，對方可能會突然變臉說

「我都這樣拜託了，妳還有沒有人性啊」，或是「看我這樣低聲下氣求妳，妳就拿翹了是嗎」。

「偵探也會偷東西嗎？」

我忽然想起兩個月前發生的一件事。那是一年級最後的期末考前，好美來找我商量。

「偷東西？有時候是會去翻人家丟的垃圾啦……」

「比方說……偷偷潛進學校偷考卷，可以嗎？」

「妳想作弊？」

我愣住了。好美雖然成績不好，但我從沒想過她會有這種荒唐的念頭。按常理思考就知道不可能，不過好美還是不死心。

「那從網路駭進學校電腦，偷看考題，這樣可以嗎？」

「當然不可以啊。妳把偵探當什麼了？」

看她這麼堅持，我不僅僅是驚訝，甚至有點佩服了。雖然千奇百怪的要求都有人提過，但到她這種程度的就很少見了。最驚人的是，這不是最糟的例子。世上還有人能吐出更過分的要求。

「小綠。」

不知不覺中，我打起了盹。媽媽喚醒了我。

「妳朋友來了。」

「朋友？」

「她看起來似乎遇到什麼麻煩。」

望向時鐘，晚上八點多。我的腦海浮現一張戀愛中少女的臉。

「哪個朋友？是叫萌音嗎？」

「我沒聽清楚。人家在樓下等，妳快下來。」

爸爸還沒回來。偵探的工作時間不固定，晚上經常不在家。我想萌音應該沒有機會直接跟他進行交涉，便從床上起身。

「啊……」

走出玄關一看，站著那裡的人並不是萌音。

來者表情陰鬱地低著頭，是怜。

「這麼晚了，有什麼事嗎？」

「我有話跟妳說。在學校不方便詳談，我就直接來了。」

要進來嗎？我用眼神詢問，但她默默搖頭。約莫是不想被大人聽到的內容吧。「媽，我出去一下。」我丟下這句話，套上運動鞋。

本谷怜。

我們從一年級就同班，但從來沒認眞交談過。

怜本來是好美她們那個圈子的。她的運動神經好，是田徑健將，而且身高超過一百七十公分，標緻的長相帶點男孩子氣。跟我這種人不一樣，屬於好美會希望放在身邊的高規格女孩。

而這樣的她開始被好美她們「排擠」，大概是在三個月之前。

理由我也不清楚，但我無意中發現怜被好美她們欺負。有時把她當透明人，有時嘲笑她像傀儡人偶、不男不女，還會故意丟她的東西。好美排擠得非常徹底，跟怜要好的人都會變成標的，漸漸沒人敢接近怜的身邊。怜整個人變得十分陰沉，四月起連社團也不去了。

我們兩人並肩走在夜晚的街道上。春天的夜裡，乾爽溫暖的空氣包覆著我們。吹來的風相當舒適，瀰漫在我們之間的沉默卻讓人有點難以忍受。

「其實，我有事想拜託妳。」

走了好一陣子，怜才終於開口。

「我剛剛看到妳家前面的招牌，妳爸爸眞的是私家偵探呢。」

果然又是這種事。

「招牌上寫著任何問題都歡迎洽詢，眞的什麼事都能商量嗎？」

「妳遇上什麼麻煩嗎？我爸可不會幫忙做學校作業。」

聽到我這樣隨口應付，怜沒有特別的反應。她的目光顯得更加陰沉。

「我想請他調查清田。」

「啊？」

本來以爲是跟好美有關的事，這要求倒是出乎我的意料。

「我希望能抓住清田的弱點。這種委託他願意接嗎？」

「弱點？調查人的素行應該是可以……不過妳爲什麼需要調查這個？」

「我想解決跟好美之間的問題。」

「這是什麼意思？」

「妳應該知道好美她們是怎麼對待我的吧？之前我都忍下來了，但升上二年級繼續跟她同班，我快受不了了……我去找過清田商量，希望可以換班。我也說了好美一直騷擾我的事。」

「那清田老師怎麼說？」

「他笑了，說才剛剛升級怎麼可能讓我換班。他還說，跟好美之間的事只是我的誤會。很好笑吧？他覺得我的運動服被割破，好美說幫我想好了怎麼自殺、還準備好信和剃刀交給我，這些都是在開玩笑。好美她們只是想跟我拉近關係，才會做這些事來吸引我的注意。」

「清田老師這麼說？」

「他還說，要幫我製造機會，讓我和好美一對一聊聊。」

怜緊咬著下唇。那咬著唇肉的牙齒微微發顫。我感受得到她的不甘與恐懼。

除了在課堂上之外，我跟清田老師沒怎麼交談過，眞沒想到他會這樣敷衍學生。我想起他那給人太陽般溫暖的印象。

「可是，妳抓住清田老師的弱點又能怎樣？該抓住的應該是好美的弱點吧？」

「如果對好美這麼做，不知道她會怎麼報復我。我更希望清田管管好美她們。」

「爲什麼？」

「因爲清田很受歡迎，好美喜歡他這種類型的。如果是清田開口，她應該會聽話。」

「這樣啊……」

她希望從清田老師這邊下手，間接制止好美她們的行爲，眞能這麼順利嗎？我隱約察覺好美十分仰慕清田老師，但我不確定她會不會乖乖聽從老師的勸告。

再說……

「費用怎麼辦？如果要委託我爸，得花不少錢。」

「錢的話，我有一點。」

「一點是多少？」

「大概一萬圓吧。」

「差太多了啦。」

連我都知道這個數字根本和一般行情差了一位數，怜卻不死心地繼續說：

「那妳來接這個案子嘛。」

「啊，我嗎？」

「妳是偵探的女兒，應該很擅長調查吧？器材什麼的應該也都有。」

我忍不住仰天嘆息，沒想到會是這麼離譜的委託內容。

那妳接嘛。每當我持續拒絕，便會有人這麼說。我從來沒當過偵探，偵探不是什麼傳統藝能，偵探的能力也不會遺傳——儘管我嘗試從各種角度說明，但提出這種要求的人往往不願輕易放棄。這種情況下，我無法把爸爸推出來當擋箭牌，總是拒絕得格外辛苦，內心覺得眞夠麻煩的。

「絕對不可能啦，我又沒做過偵探。」

「但妳一直在妳爸身邊看著他工作吧？而且妳可以問他啊。」

「我爸不會跟我聊工作上的事。如果想查妳就自己查，這件事我做或妳做沒什麼差別。」

「不行啦。我個子高，跟妳不一樣，不管到哪裡都容易引人注意。如果以前沒跟妳爸聊過工作的事，從現在開始也不遲啊。我覺得應該可以成爲你們父女對話的契機。」

「不用妳多管閒事，我跟我爸很有話聊。」

「妳剛剛不是說不會跟妳爸聊天嗎？」

「我是說我們不會聊他工作上的事。怜，妳是故意挑我的語病吧？別太過分了。」

「哦，是嘛。」

怜的語氣驟變。

「好吧，那算了。我就燒掉吧。」

「燒掉？燒掉什麼？」

「全部啊。」

怜剛剛還顯得軟弱的表情，現在似乎變得堅毅無比。

「我最近在研究如何縱火。妳知道火災的三要件嗎？可燃物、氧氣、高溫。除了好美家，不如妳家也來一下吧。」

「縱火？怎麼突然講起這個？妳未免太荒唐了吧？」

「荒唐的是好美她們和校方吧。明知我被霸凌，卻沒有任何人伸出援手……既然要下手，不如學校、妳家，全都燒光算了。在班上一直被當透明人，連可以信賴的對象也丟下我不管，一個可悲的高中生縱火犯，應該可以博取大家的同情吧？」

惱羞成怒也該有個限度。我瞪著怜，她則回給我更炙烈的視線。

我想起那本文庫本。

怜還回圖書館的文庫本上有焦痕。那會不會是「研究縱火」的過程中弄出來的？

「我是認眞的。」

怜的語氣讓我有點害怕。

「妳以爲我只是嘴上說說嗎？我是認眞的。以後妳就算後悔也來不及了。」

那語氣像是被什麼附身了一樣，令人恐懼。沉睡時家裡被縱火，醒來後發現周圍已是一片火海——看著怜的眼睛，我頓時覺得這毫無現實感的景象彷彿有可能成眞。

「綠，幫幫我。」

怜的語氣又變了。

「妳之前幫過我一次吧？」

「之前……？」

「就是兩個月前啊。」

記得那是一年級的尾聲，好美她們在走廊上糾纏怜的時候，我曾經隨口規勸了兩句。

「當時妳是眞心要幫我的吧？」

「眞心……什麼意思？」

「那不是僞善吧？妳是眞的擔心我，才出手幫忙的吧？」

她求助般的口氣讓我不知該如何是好。因爲我當時雖然有心想幫，卻只是一時興起。我無法判斷該不該老實說出來。

「當時我很高興，因爲從來沒有人幫過我，我覺得自己得救了。我想請妳幫忙，如果妳的善意不是虛假的，就再幫我一次吧。」

說著，怜向我低下了頭。

「拜託妳了。」

理智上我知道應該拒絕，但看到高䠷的怜在我面前彎下腰、誠懇地低頭，我實在找不出繼續拒絕的話語。

「我是覺得不太可能成功啦。這樣妳能接受嗎？」

一回神我才發現，自己竟然接下了這項極爲離譜的委託。

3

隔天晚上——我站在清田老師的家門前。

老師的住址不會印在學校名冊上，可能是擔心學生找上門來會有諸多不便吧。恰之前寄過一次賀年卡給清田老師，當時老師曾經偷偷將住址告訴她。

清田老師家是面對大馬路的獨棟平房。房子外有圍牆，大門口掛著寫有「清田」拼音「KIYOTA」的門牌。

郵箱掛在圍牆上。我趁著沒有行人的空檔，抽出郵箱裡的郵件。幾乎都是廣告傳單，沒看到什麼私人信件。我暫時沒想到下一步該怎麼辦，將郵件放回去後便離開了。

——所以該怎麼做才好？

馬上就面臨不知該從何處著手的窘境。如果是爸爸，接下來會做什麼呢？偷偷潛入屋內裝竊聽器？用望遠相機偷拍屋內的情景？不管是哪一種我都不知道實際作法。我越過大馬路，走到房子對面。

拿出數位相機，總之先拍下他家的照片。這是去年爸媽買給我的相機，我十分中意，按下快門時的聲音相當清脆。不過，我拍的都是些沒多大意義的照片。

我在那裡站了十分鐘左右，發現這件事挺不容易的。單純站著很吃力，要持續集中精神進行監視也意外地辛苦。清田老師什麼時候會出現，就算出現又代表了什麼，一切都是未知數。懷抱著許多未知，單純地站崗，這種痛苦是我第一次嘗到。爸爸經常得做這樣的工作嗎？

疲憊不堪地等了三十分鐘左右，清田老師終於回來了。我躲到路樹後。咦？我現在該做什麼？我試著思考，但什麼都沒想到。一身西裝的老師穿過大門，從玄關進了屋。等了這麼久，只看到老師短短十秒。

——我到底在幹麼啊。

屋裡的燈亮了。這種時候是不是該翻過圍牆去偷拍？可是，隨便進入別人家應該是犯法的吧？

自己到底該做些什麼？我遠比之前想像的更不知所措。

果然行不通。明天好好地跟怜道歉，回絕這個案子吧。可是，回絕之後怜應該會生氣吧？那被附身般的凌厲雙眼，從記憶深處瞪著我。

就在我腦中盤旋著這些念頭的同時——我發現清田老師家的燈暗了。

清田老師走出大門。

他整個人的樣子跟剛剛截然不同，我很驚訝。他穿著黑色騎士夾克和牛仔褲，明明是晚上卻戴著太陽眼鏡。由於個子高，這身狂野的服裝讓他跟在學校時的爽朗形象完全不同，給人粗野、陰暗的印象。

我回過神來。這應該是跟蹤的好機會。

雖然不知道具體的方法，但只能硬著頭皮上了。我維持適當的距離，跟在老師後面。

五分鐘之後，我發現一件事。清田老師應該是個容易跟蹤的對象。他走得很慢，大概是在跟別人互傳訊息吧，一直盯著手機，手指動個不停。我保持著一定的距離，走在他的身後。

清田老師走向距離他家最近的浦和車站。他買了票，通過驗票閘門。晚上七點半，他搭電車要去哪裡？我買了最便宜的車票跟上去。

看到老師上了電車，我也從不同車門上了同一車廂。這是開往大宮的京濱東北線。上了電車之後他依然盯著手機螢幕，沒有取下太陽眼鏡，一邊嚼著剛剛在商店買的飯糰。

車窗上映出我的身影。

我稍微做了點變裝。把平時放下的頭髮綁起來，戴上口罩。我一向打扮樸素，今天跟媽媽借了花俏的碎花連身裙。可是，倒映在玻璃窗上的我，還不到判若兩人的程度，只像是做了奇怪的裝扮，看來還是不要太接近老師比較安全。

清田老師在終點的大宮站下了車。我已有他可能在此換車、要去更遠的地方的心理準備，不過他出了驗票閘門，踏上夜晚的街道。我補了車票的差額，繼續跟在他身後。

在大宮站下車後，老師的樣子跟剛剛很不一樣。

他走路速度變快，偶爾會停下腳步看看周圍，似乎提高了警戒。沒想到他只不過是略微左右張望，竟然會讓跟蹤變得這麼困難。早知道應該打扮得更低調一點。反省的同時，我嘗試在勉強不跟丟的範圍內，拉開與老師之間的距離。

我終於明白爲什麼老師出站後的神態跟來之前那麼不一樣。大宮車站前是鬧區，但他走向鬧區深處，龍蛇雜處的地帶。

這裡是風化區。

「小妹妹，有空嗎？缺錢嗎？」

一身黑色西裝的大叔上前來搭話。我沒理他，繼續跟蹤清田老師。我第一次來這種地方。俗艷耀眼的霓虹燈，引發性聯想的店名，印有遮掩私處裸女的招牌。跟在清田老師後面，我不禁暗想，我怎會跑到這種地方來？

老師的目的地是一家旅店。我猜應該是所謂的賓館吧。老師一個人進去了。我拿出數位相機，按下快門。

——買春。

老師一個人進了賓館。聽說有種系統是可以先預約好，讓賣春女郎在賓館裡等。

——這算抓住他的弱點了吧？

一個形象清新、備受學生愛戴的教師花錢買春。這件事本身固然沒有違法，但身爲老師的形象會因此受損。他一定不希望被學生知道吧。

「喂！小姐！」

我正爲可以給恰一個交代而感到安心時，背後傳來一道聲音。

一回頭，只見身後站著一個像熊一般高壯的男人。他身穿短袖馬球衫，粗壯的上臂有刺青。我忍不住後退幾步。

「妳剛剛拍了什麼？」

男人很不耐煩。有生以來我第一次聽到這麼有威嚇力的聲音。

「妳把這裡當成什麼地方？這不是能隨便拍照的地方，妳這小鬼，有沒有常識啊？」

我不禁全身顫抖，內臟都縮了起來。看來是拍照的舉動惹怒了他，不過有這種規矩嗎？還是，其實是這個男人有問題？

「快回答我的問題。妳剛剛拍了什麼？」

「我……」

喉嚨好乾。我的腦袋一片空白，試著開口。

「是哥哥。」

「哥哥？」

男人反問的聲音，跟我內心的聲音重疊。哥哥？我在胡說什麼？我根本沒有哥哥啊。

「對，我哥的女朋友懷疑他有外遇，來找我商量。她說沒有其他人能幫忙，要我幫忙調查是不是眞的……」

這番話無比滑順地從我口中說出來。既然這樣，我豁出去了。我繼續道：

「我從大宮車站開始跟蹤哥哥，不知不覺就跟到這裡。剛剛看到他進了那家賓館，所以拍了下來。」

我在數位相機的螢幕上亮出剛剛拍下的照片。男人彎下龐大的身軀，看著螢幕。

「對不起，我沒來過這裡……不知道不能在這邊拍照。很抱歉，給在這邊生活的人造成困擾了。」

「也沒有啦……原來是這樣啊。」

「對不起，我下次會注意的。」

男人的氣勢似乎減弱了幾分，搔著下巴說：

「我知道了。不過小姐啊，妳要小心一點，這樣很容易被誤會。」

「好，我會的，眞的很抱歉。」

我又行了一禮。「快回去吧。」男人輕聲丟下這句話就離開了。看著他遠去的鞋尖，我暗暗對自己感到驚訝。

嘴裡竟然就這樣冒出一堆自己想也沒想過的事。我知道自己算是擅長跟人交談，卻是第一次知道自己有這種能力。

不僅如此。

情。

我從浦和站跟蹤清田老師到大宮站都沒被他發現，還順利拍到照片。今天完成不少事

眞沒想到我能辦到這些——

就在這時候，一名女子跟我擦肩而過。

看到對方的身影時，我不禁倒抽一口氣。女子站在剛剛清田老師進去的賓館大門前，確認店名之後才進去。我拿出數位相機放在肚子附近，小心不讓對方發現，按下快門。我緊盯著她，將她的樣子深深烙印在眼中。

雖然對方穿著花俏的便服，但錯不了。

剛剛走進賓館的那個人一定是好美。

4

「妳看這些。」

隔天，我把怜找到家裡來看照片。

「這是昨天清田老師一個人走進大宮那邊的賓館的時候。」

怜很感興趣地盯著數位相機的螢幕。「還有這張。」我切換到另一張。雖然畫面晃得

厲害，但確實拍到了走進同一家賓館的好美。

「這種賓館通常會是男女朋友一起去吧？但清田老師和好美都是一個人進去。我猜他們是約在裡面會合。」

我對瞪大雙眼看著照片的怜說道。

「之前好美曾經來找我商量，她想作弊。」

「作弊？好美要妳讓她偷看答案嗎？」

「不是。好美想要借助我爸的能力，從老師的書桌或者電腦偷走考題。我跟她沒有太深的交情，她會來找我，應該是想不出其他辦法了。」

「好美腦筋不差，就是做事不得要領……」

「他們兩個約在賓館見面，可能是爲了這件事吧。好美以此爲代價，想讓清田老師對她洩題。如果是眞的，這算是老師的弱點吧。」

「嗯，應該算吧。」

「妳拿這些照片去，老師一定會聽妳的。」

「是嗎？」

怜的反應不怎麼熱烈。本來以爲她會很興奮，我十分意外。

「剛剛說的那些，只是我們的猜測吧？」

「話是沒錯啦……也不能排除兩人是認眞在談戀愛的可能性。」

「更重要的是，我們不知道他們是不是眞的在賓館裡會合，也有可能是碰巧在等各自的對象啊。」

「同一所學校的老師和學生，在同一時間進同一家賓館，有這麼巧的事嗎？」

「可能性確實很低，但如果清田矢口否定，我們也拿他沒辦法。這麼一來就沒有意義了。」

「這樣的話，不管拍到什麼照片都沒用。」

「是嗎？如果拍到兩人手牽手一起走的畫面，就是沒辦法開脫的證據了啊。」

「妳的意思是，在外面等到他們出來？可能要等好幾個小時耶？」

「嗯，以這次的情況來說，確實是這樣。」

她說這話一點都不覺得不好意思。

「眞可惜。要是有更具決定性、能讓清田無法辯駁的證據就好了。」

「等等，再怎麼樣我也不可能在那種地方待上好幾個小時，妳的要求未免太過分了吧？我也有我的事要做啊……」

「是嗎？其實我無所謂啦。」

說著，怜用力搓著拇指和食指。她的指腹微微泛紅。

「今天好美又在學校整我了。我對她的恨意一天比一天強烈，總覺得其他事怎麼樣都無所謂了。」

「怜……該做的我都做了。」

「就是啊，小綠，妳眞的很有天分。」

怜的神色頓時一亮。

「這是妳第一次嘗試，不是嗎？但妳已能拍到這種照片。太厲害了，妳根本是天才。」

「妳拍我馬屁也沒用。」

「我是說眞的，我眞的覺得妳很厲害。不管是跟蹤或拍照，妳怎麼能辦到這些事呢？小綠，妳有當偵探的天賦。」

我非常清楚她只是嘴上奉承。被這樣奉承，等於被當傻子。對方心裡想著，只要丟點飼料就能看到才藝表演。

「小綠，拜託了。我想要找回平靜的學校生活。妳不能再繼續調查一陣子嗎？」

怜彎腰低頭，都快碰到地上了。我深深嘆了一口氣。

清田老師的行動模式相當規律，堪比學校的課表。

他現在沒有擔任社團指導老師，通常都在晚上七點左右回家，接著不是一直待在家裡，就是馬上換裝外出。如果是後者，他大多會在車站的商店買飯糰或巧克力棒，在月台上邊吃邊等電車。

老師的目的地每次都不一樣。近的話去赤羽，有時會去稍遠的池袋或西日暮里。目的地雖然不同，但目的都一樣。每次出門都是去約會。

令人訝異的是，他約會的對象不單好美一人。

老師的對象每一次都不同，而且都很年輕。儘管有一個跟老師同年代的女人，不過其他再怎麼看都像是女高中生，甚至有疑似國中生的孩子。當中說不定還有我們學校的學生，只是我沒認出來而已。

我大概跟蹤了他兩週，這段期間他總共見了六個女人。有時會直接上賓館，有時會先到餐廳用餐再去。清田老師利用俊美的外貌，同時跟許多年輕女性交往。我一直擔心會遇到萌音，幸好其中沒有她的身影。

我看見了「人性」。

我也不知道該怎麼說才好，但就是有這種感覺。披著爽朗年輕老師的外表，內心深處眞正的「人性」。看到散發濃烈雄性魅力的清田老師，總覺得這才是他的本質。

「可不可以再繼續調查一下……」

明明已有不少調查成果，怜卻還是不滿意。

「到了這個地步，我希望能確實拍到他和好美在一起的照片。只是拍到他同時跟很多人交往，我覺得證據有點薄弱。」

「跟女高中生見面的這張照片呢？這可能是援交耶。」

「這個人眞的是高中生嗎？會不會是娃娃臉的大學生？」

怜的要求非常囉嗦，遲遲不讓我停止調查。當初她揚言要連我家都燒掉，我確實很害怕，但比起這個……

我發現自己十分享受當偵探。

變裝、跟蹤、拍照。讓自己變得透明，從偷窺孔中凝視世界，當事情發生的那一瞬間，將臉湊近，去觀察潛藏於深處的「人性」。這是一種甜美、隱匿，又悖德的愉悅。我自己也知道這樣很奇怪，但其中就是有著難以抗拒的魅力。

晚上在車站前的咖啡廳喝咖啡，已成爲我的例行公事。清田老師外出時總是搭電車。要前往鬧區的日子，七點半左右他會出現在車站，如果七點半之前他沒有出現，表示這天不會有事發生。

咖啡廳的落地玻璃窗映出變裝後的我。

我漸漸知道該怎麼變裝。奇特的裝扮雖然看不出是平時的我，但在日常風景中過於引人注目，失去了變裝的意義。變裝必須能融入街景，盡量自然。要成爲一個跟平時的自己保持一段距離的陌生人。所謂好的變裝，得同時滿足這兩項條件。

玻璃映出的我，戴著黑色報童帽，以及斑點鏡框的無鏡片眼鏡。我表現得比平常更成熟冷靜，完全融入周遭景象。

透過玻璃窗，看到老師的身影出現在車站前，我從座位上起身。

買好車票，穿過驗票閘門。只見清田老師走向京濱東北線的月台，搭上前往大宮的電車。我跟平時一樣從隔壁車廂上了車，站在門邊。

今天要跟好美見面嗎？

從第一天跟蹤老師以來，這是他第一次搭上前往大宮的電車。假如能拍到他和好美在一起的照片，怜就會願意結束委託吧。這麼一來，我終於能獲得解放，怜也不用縱火，還能解決被霸凌的問題，眞是可喜可賀、可喜可賀。

——只是……

總覺得胸口深處隱隱作痛。

「北浦和、北浦和到了。」

電車停在下一站。我稍微移動身體，避開打開的車門。

這時，我整個人僵住了。

抓著把手的清田老師，就站在我的眼前。

爲什麼？我愣愣地盯著清田老師。剛剛他明明還在另一扇車門前，爲什麼會到這裡來？

可能是不自覺地移動吧，畢竟周圍太擠了。一切都是湊巧。這就足以解釋他爲何會在電車裡移動。我們之間的距離會變得這麼近，原因很簡單，因爲我的視線離開了清田老師。

他突然轉向我，我們的視線相交。

完了。

我心裡這麼想。清田老師直盯著我，我睜著雙眼等待死亡宣告。

然而，什麼也沒發生。

清田老師跟我對上眼後，移開了視線，望向電車上的垂吊廣告。

我慢慢轉頭，背對老師，望著窗外，放心地吐出一口氣。看來，我的變裝遠比想像中成功。

趁著電車在下一站的與野站停下時，我換了車廂。我暗自發誓再也不移開視線，要一直緊盯著清田老師。

清田老師在大宮站下車，和第一次跟蹤他時一樣，前往繁華的鬧區。我脫下報童帽，從包包裡拿出奶油色貝雷帽重新戴上。光是更換帽子的顏色，就能大大改變變裝給人的印象。這也是近兩週以來我學會的技巧之一。

清田老師走進跟之前一樣的賓館。我把數位相機放在腹部的位置，拍下他的身影，雖然有剛剛的小插曲，不過到目前爲止還算順利。當初碰巧成功的這種拍攝方法，經過幾次練習，精準度逐漸提高，即使不確認畫面，透過指尖也能感覺到應該拍得很成功。

大功告成之後，我感到一陣虛脫，就在這時……

「榊原？」

背後突然傳來一道聲音，我全身一震。

「妳在這裡幹什麼？」

聽聲音就知道來者是誰，背脊一陣發冷，我轉過身。

站在我眼前的，是好美。

她穿無袖上衣搭迷你裙，這身打扮充分展現出她的好身材和皮膚的光澤。好美瞪著我。長久以來穩坐大姊頭地位的她，眼神魄力十足。她包包裡塞著一瓶礦泉水。

「妳怎麼這身裝扮？化妝方式也跟平時不一樣……妳的視力不好嗎？」

我沒來得及裝傻，好美上上下下打量了我一番，彷彿要將我看透。

「妳該不會……是刻意變裝的吧？」

我犯了致命的錯誤。我早該想到好美可能會從我身後出現。照片拍完不該繼續站在這裡發愣，應當馬上離開現場。

「我在問妳話！妳在這裡做什麼？」

沒有退路了，我開口道：

「好美，妳能不能不要說出去？」

「啊？說什麼？」

「能不能不要跟別人說妳在這裡見到我？」

我任憑這些話從自己的嘴裡說出來，還刻意壓低了音量，營造出跟對方共享祕密的氛圍。

「其實……我是在等人，所以希望妳不要告訴別人在這裡看到我。」

「等人？等誰？」

「是……是我男朋友啦。」

「男朋友？榊原，妳有男人？」

好美充滿敵意的眼裡，染上一絲好奇心。

「對，他不是我們學校的人，是我之前打工店裡的前輩。去年我在便利商店打過工……」

「哦，那對方是讀哪所高中？」

「不是高中生，是早稻田大學的學生。啊，不過他打工那時候還在上高中。」

「眞的嗎？我都不知道。」

「我覺得這種事在學校傳開了很麻煩，所以沒有告訴別人。我男朋友跟我們學校的學長好像有不少過節，眞的很抱歉，剛剛那些話妳能不能……」

「少胡說八道了。」

好美這句話讓我背脊一涼。

「妳從車站就一直在跟蹤清田吧？我都看到了。」

「清田……妳是說清田老師嗎？清田老師在哪裡？」

「別再裝傻，妳在調查清田跟我的事吧？如果只是好玩就趕快給我停手，噁心死了。」

「這……」

本來以爲是我在跟蹤對方，沒想到反過來被對方跟蹤，眞是大大失策。我滿腦子只想到自己的工作，完全沒注意到周圍的情況。

「好美，妳……」我的腦中一片空白。

「……妳是眞心喜歡老師嗎?」

「啊?」

「不是啦,我覺得清田老師不是個好對象,畢竟你們是學生和老師的關係,他又挺受異性歡迎的……」

我也不知道自己到底在說什麼。好美露出狐疑的表情。

「我怎麼可能喜歡那種大叔?」

「啊,也對……那妳應該還是爲了作弊的事吧?」

「什麼?作弊……?」

「對呀。記得嗎?上次妳不是說想偷看考卷……」

好美一臉莫名其妙。怎麼搞的?我們的對話彷彿是兩條平行線。

我們互相盯著對方一會後,好美深深嘆了一口氣,打破沉默。

「好吧……算了。總之,我就當沒看到妳,我來這裡的事妳也別說出去,行吧?」

「嗯……知道了。」

「那我走了,拜。」

說完,好美將手上的寶特瓶丟進路邊的垃圾桶裡,走向賓館。我無力再偷拍,邁步走向車站。

「喂，伶？」

我打電話給伶。「怎麼了？」電話另一頭傳來她剛睡醒般的慵懶聲音。

「對不起，我失敗了。」

「啊？」

「我搞砸了。跟蹤到賓館之前都還很順利，結果……」

「該不會被發現了吧？好不容易努力到這個地步，妳是怎麼搞的……」

「抱歉，我以爲自己做了萬全的準備……」

這時，我瞥見立在路旁的道路反射鏡。反射鏡映出一個在暗處戴著奶油色貝雷帽的女人。我慢了半拍才發現那是自己。

總覺得有哪裡不對勁。

有什麼地方怪怪的。鏡子裡的我戴著貝雷帽。

——該不會……

我的腦海浮現一個假設。之前感受到的種種異樣，全部疊加在一起，讓這個假設的可能性如同雪球般愈滾愈大。該不會……？

「妳怎麼了？」

「……抱歉，我太掉以輕心了。」

我想了想，開口道。

「我知道對方是個敏銳的人，不過眞的超出了我的預期，我明明變裝得很徹底……應該有其他方法能避免才對。事情變成這樣，都是我的錯。」

「小綠……」

「好不容易走到這一步，現在一切都泡湯了。對不起。妳的問題我們再想想其他方法吧。我也會幫忙的。」

「嗯……」

沉默片刻後，怜回答：

「這也沒辦法，就像妳說的，好美很敏銳，再說妳也不是專業的偵探……」

「但原因都出在我太小看好美，眞的很抱歉。」

「不用跟我道歉啦。反正有之前拍的照片，我會試著用這些照片來對付清田。跟妳發脾氣，是我不對。」

「那調查算是到此爲止了吧？」

「嗯，看樣子是我太貪心了。那我們明天再聊吧，謝謝妳，小綠。」

她很快就掛了電話。不知道怜是不是如她所說般感謝我，但我可以確定，她不會再委託我進行調查了。

——不過……

我的調查還沒有結束。最後還有一件事得完成。

5

深夜。

黑暗的大街上，除了我和她，沒有其他人。走在前面的她，並沒有發現我跟在身後。

她穿著運動鞋，克制的腳步聲迴響在夜晚的街道上。我沒發出一點腳步聲，緊跟著她。這兩週以來，我學會了這個技巧。在僅有一個人發出腳步聲的情況下，我們並肩走在夜裡。

她在某棟建築物前停下腳步，一扇大門阻擋了她的去向。我藏身在電線桿後，這時她正好在左右張望，窺探四周。爲了避開她的視線，我躲進電線桿形成的陰暗處。

她將手放在大門上，把身體用力往上一推，準備翻過大門。

那一瞬間，我跳到她的面前。

她驚訝地看著我。我拿起數位相機，亮著閃光燈拍下了照片。

「小綠……」

她一副不敢置信的語氣。這時她還維持要翻過大門的姿勢，我往前走近。

「妳的計畫不錯，但不夠周延。不過，就只差那麼一點。我發現得太晚，眞是危險。」

我對一臉愕然的她這麼說。

「怜，我們聊聊吧。」

一時沒想到適合的地方，這個話題又不適合在複合式家庭餐廳的明亮燈光下談，於是我們繞著學校——也就是怜打算潛入的建築物周圍，邊走邊談。

「有幾件事讓我感到不對勁。」

怜沒說話，我先開了口。

「首先是第一天的調查，我很幸運在第一天就拍到清田老師和好美的照片。目的明明已達到，妳卻堅持要拍到清田老師和好美在一起的照片。」

「……這我解釋過了。清田和好美是分別被拍到的，如果不是兩人在一起的照片，就算不上是完美的證據。」

「或許算不上完美的證據吧，但如果要拿來威脅清田老師，應該足夠了。之後的調查也一樣。我明明拍到他跟那麼多女孩在一起的照片，妳都不接受。」

「因爲他跟很多人交往，不是什麼太大的問題，也沒有他援交的確切證據。這我也說過了啊。」

「這理由聽起來很牽強吧？那妳爲什麼深夜偷偷跑進學校？可別告訴我是有東西忘在學校裡，再過七小時校門就開了。」

這次怜並沒有回答我。

「我知道妳的目的。」

「目的？」

「對啊。」我望向一臉狐疑的她。「妳想讓我變成好美的目標。這才是妳眞正的目的吧。」

怜訝異地看著我。

「妳一開始就不打算威脅清田老師。讓好美把矛頭轉向我——這才是妳的目的。」

我在腦中整理著該說什麼，又該怎麼說。

「這純粹是我的推測……前提是妳早就知道清田老師和好美有肉體上的關係，而妳想利用這件事來改善跟好美之間的關係。一開始妳可能只是想借此威脅清田老師，讓他幫忙說服好美，但不確定能不能順利成功。就算清田老師介入，好美也不一定會聽他的話，於是妳想出一個更有把握的計畫。那就是不去抑制好美的憎惡，而是讓它更加膨脹。只要引導她將這股憎惡發洩在其他人身上就行了。」

怜避開我的視線。我沒理她，繼續往下說。

「妳想到讓好美憎恨其他人的方法。只要設計由別人揭露清田老師和好美之間的關係，讓好美丟臉就行了。有個偵探父親的我，在妳眼中是很適合的人選吧？故意把書燒焦，也是爲了引起我的注意，對嗎？」

「那本書是我在研究縱火的時候……」

「我不吃妳這套威脅了。妳委託我調查，第一階段是讓我目擊他們在一起並拍下照片，第二階段是讓好美目擊我正在進行調查。我拍了那麼多照片，妳卻遲遲不願結束調查，是在等好美發現我。」

「妳的意思是，我在操控好美？我怎麼可能辦得到。」

「妳當然辦得到。是妳向好美告密的。妳告訴她『榊原綠在調查清田老師』，要她小心。」

「這怎麼可能？就算我說了，妳覺得好美會相信嗎？」

「妳沒有必要和她面對面說，我猜是寄了匿名信吧？說不定妳還偷偷拍下我跟蹤清田老師時的照片，一起寄給她了？」

怜沒有反應。我可能想像過頭了，但大致的方向應該沒有錯。

「今天我跟蹤清田老師時，事先接獲密告的好美發現我。當時我隨口敷衍過去，可是好美一定起了疑心，知道有人在暗中調查她。我告訴妳事跡敗露了之後，妳開始進行最後一步。妳打算偷偷潛進學校，把清田老師和好美的照片貼在教室裡，對吧？」

怜手上的包包一顫，裡面應該放著照片吧。

「早上來到學校，大家看到兩人私會的照片，想必會一片譁然。好美失了面子，開始尋找犯人，第一個被懷疑的肯定是我。就算說是妳委託我做的，好美恐怕也聽不進去。到時妳會獲得原諒，好美會將霸凌的目標轉移到我的身上。這就是妳的計畫吧？」

「……妳有證據嗎？」

她語氣強硬地反駁。

「說了那麼多，全都是妳的想像吧。持續調查的理由，我之前不也跟妳解釋過了嗎？」

「那妳爲什麼要在這種時間來學校？」

「我只是忘了東西，想趁今晚拿回去而已。妳剛剛說的那些事，一點證據也沒有。」

「我有證據。」

怜的眼裡瞬間充滿驚訝。

「幾個小時前，我打電話向跟妳道歉。當時的對話就是最好的證據。」

「對話就是證據？什麼意思？」

「其實好美發現我時，我就起了疑心。」

我想起當時映照在道路反射鏡中的自己。

「我變了裝。不是我自誇，變裝還滿成功的，實際上我在電車裡撞見了清田老師，但老師並沒有發現是我。可是，好美卻馬上認出我，仔細想想，未免太奇怪了吧？」

「因爲好美比較敏銳，跟清田不一樣。」

「一開始我也是這麼想。可是第一天進行調查時，好美與我擦身而過，沒有發現我。當時我的變裝遠比現在更拙劣。」

「只是碰巧吧？這哪算得上什麼證據？」

「我就知道妳會這麼說，所以我在那通電話裡設下一個圈套。」

我盯著怜，繼續道：

「妳當時是這麼說的吧？『就像妳說的，好美很敏銳』，這句話是什麼意思？」

「還能有什麼意思……就是字面上的意思啊。不是好美發現妳在進行跟蹤嗎？」

「沒錯，但我刻意沒說出是被誰發現。」

怜驚叫了一聲。

「在那通電話中，我發現有可能是妳透露了我的事，所以刻意沒說出自己被誰發現。可是，妳卻以對方是好美爲前提在跟我對話。」

「那……那是因爲我覺得如果妳被發現，對方是好美的可能性比較大。」

「這未免太奇怪了吧，我調查的對象是清田老師，好美已有一陣子沒去見老師。聽說我跟蹤的行爲被發現，一般應該會覺得是被清田老師發現吧？然而，妳卻認爲是好美。因爲妳早就知道好美會發現我。」

我一直盯著怜的眼睛，她終於受不了，別開視線。

我們繼續往前走。

四周只聽得到穿運動鞋的怜發出的腳步聲。「啪噠啪噠」的輕快聲音，彷彿跟圍繞著我們的沉重空氣，處於不同的世界。

「小綠。」

怜的聲調變了。

「既然妳都懂了，就代替我吧。」

說著，怜盯著我。

「代替我成爲好美的目標。」

我們停下腳步，眼前就是校門。怜剛剛試圖要跨越的那道門。

「妳知道我每天上學有多痛苦嗎？明知一到學校百分之百會有討厭的事發生，卻不得不來。我爸媽都沒什麼用。我連躲在家裡不來上學或轉學的選項都沒有。」

「我很同情妳，也願意幫妳一起解決，但我沒辦法代替妳。」

「妳眞厲害，我沒想到妳能調查得這麼完整，更沒想到妳會看穿我的計畫。妳頭腦好，又有行動力，就算變成好美的目標，一定也能想辦法度過。但我受不了了，妳就讓我去貼照片吧。」

怜深深望進我的眼底。

「小綠，妳應該不是假的吧。」

怜語帶懇求。

「之前妳幫過我，這次又爲了我去調查。妳想幫我的心意是眞的吧？」

「我確實想幫妳。」

「那就好人做到底，成爲我的替身，救救我吧。」

怜的聲音裡混雜著一股陰濕。她的眼眸在黑暗深處發光，彷彿被附身了一樣。

「抱歉，不可能。」我說道。

「我辦不到。要我犧牲自己去救別人，這不可能。」

「小綠，妳不要讓我失望。」

「我說了不可能，我的善意並沒有那麼強大。」

怜繼續用那對陰濕的眼眸瞪著我，像在威脅我。「不過……」我繼續說：

「我準備了其他的解決方法。」

說著，我把肩上的背包放下，戴上手套，拿出包包裡的東西。

「那是什麼……水？」

我拿著一瓶礦泉水。

「這不是水，是燈油。我們用這個燒掉清田老師家，這麼一來就能解決所有問題。」

怜倒抽一口氣。

「燒掉清田家？爲什麼要這麼做……」

「這寶特瓶是好美丟掉的。也就是說，上面有很多好美的指紋。我們去清田老師家放火，再把這個寶特瓶丟在現場，好美就會成爲犯人。學生和老師交往之後破局，受傷的學生一怒之下去他家縱火——故事聽起來很合理吧。」

「就算把這個東西留在現場，好美也不一定會被抓。警方一調查就知道她不是犯人。」

「即使沒有被抓，大家也會懷疑好美，而且她和清田老師的事會被身邊的人知道。跟老師交往不成而縱火的女人——她的自尊心那麼高，要是被大家這麼看待一定受不了。她再也無法來上學，說不定還會退學。不管怎樣，妳都能重拾平靜的生活。」

我盯著怜。「妳說過要燒了我家。假如妳的惡意是眞的，這件事對妳來說應該不難吧。」

怜瞪大了眼睛。我上下搖晃發出涮涮水聲，將寶特瓶遞到她的面前，怜屏息看著寶特瓶，沒有要接過的意思。

「怜，妳應該不是假的吧。」

怜全身顫抖起來。

我看見了「人性」。

我已看不見揚言要到我家縱火的那個危險的怜，也看不見向我求援時那個可憐的怜。出現在我眼前的是，剝除了這些之後，她眞正的「人性」。我心中充滿發現隱藏的眞相的快樂。

「怜。」

怜赫然一驚。我扭開寶特瓶蓋。

「這只是水啦。」

我將瓶子拿到嘴邊，喝起裡面裝的液體。冰冷的液體通過我的喉嚨。怜的雙眼睜得更大了。

「來之前在自動販賣機買的，要喝嗎？」

「小綠……？妳到底在想什麼……」

「我早就知道妳不可能縱火，只是想捉弄妳一下。」

「小綠……」

怜垂下雙肩。剛剛這一連串的針鋒相對，似乎讓她頓時感到很疲憊。我對此沒有一絲同情。她這麼擺布我，付出一點代價也是應該的。

所以，接下來我要做的事，或許如她所說，只是僞善而已。

但我偶爾會這麼做。對，都只是一時興起罷了。

「怜，其實還有一個解決方法。」

我繼續對她說。

6

我坐在客廳的沙發上，看著數位相機的螢幕。每按一下按鍵，照片就會接連出現。我出神地看著這些照片。

調查結束後，已過一週。

當時還有一件事，我始終不明白。

那就是爲什麼好美要跟清田老師來往。

「我怎麼可能喜歡那種大叔？」

看來好美並不是眞的愛上老師。我本來以爲她是想偷考題才認眞打算跟老師來往，可是當我提起作弊的事時，她又一副搞不清狀況的樣子。既然如此，好美爲什麼要跟老師一起上賓館？

理由很簡單。因爲清田老師正在做跟我們一樣的事。

「我之前說過，好美來找我商量怎麼作弊，對吧？我很意外她會提出這種要求，但我現在知道爲什麼了。因爲好美有把柄在清田老師手中。」

「把柄……？」

「沒錯，剛剛我打電話逼問好美，她一邊哭一邊告訴我眞相。一開始她出於好奇，跟清田老師約了一次會，不料被灌醉拍下裸照。在那之後，好美就在清田老師的脅迫下跟他有了肉體關係。好美並不是想作弊，只是想設法拿回當時的照片而已。」

我想起說出這些事時，怜臉上的表情。她並沒有幸災樂禍，而是露出憐惜曾經的友人、強忍難過的表情。

「我們做了許多調查，也拍下很多清田老師交往對象的照片，我想其中一定有人跟好美有一樣的遭遇。怜，要不要試著召集這些人？」

「召集？這種事我怎麼可能辦得到……」

「一個人難以對抗的問題，如果集結眾人，就會形成巨大的力量。幫助好美，同時也能解決妳的問題。妳都不惜陷害我了，看來是眞的很想跟好美重歸於好吧？」

怜對我的建議表現得很猶豫，但我知道她最後會做出什麼選擇。今天我看見怜和好美在圖書室一角嚴肅地交談。「好美會對我生氣，好像是因爲我在她面前誇過清田。」怜一臉安心地跟我報告她們交談的內容。

我的生活又回歸日常。

每切換一次數位相機的照片，進行調查時的片段就會一一浮現腦中，總覺得像是做了一場夢。沸騰般的非現實，瞬間就被千篇一律的日常吞噬了。

螢幕上出現站在學校前，驚訝地面對閃光燈的怜。如此充滿人性的表情，在日常生活中還有機會看見嗎？

我感受到一股悸動。照片裡存在著平常被世界掩蓋的眞實人性。

「小綠，妳在看什麼？」

爸爸拿著威士忌酒杯，懶散地橫躺在我對面的沙發上。晚上八點多，這種時間他很少在家。我注視著他。

「幹麼這樣看我？現在才發現我長得很帥嗎？」

嘴上開著玩笑，但從眼底深處看得出他並沒有完全放鬆。即使在家跟女兒說話，他仍保持一絲緊張感。

我心想，這就是偵探的眼睛。

「小綠，妳應該不是假的吧。」

耳邊響起怜的聲音。

我和怜都是假的。怜不是眞心要縱火，沒有認眞要威脅清田老師。我也不是發自內心想幫忙怜。這是一場兩個假貨一起進行的假調查。

不過——

調查的過程很愉快。這份心情一點都不假。

「爸。」

我也能找到嗎？只屬於我的、能讓我沉迷其中的那件事。

「那個……你有沒有什麼能讓我幫忙的事？」

龍有餘香——二〇〇七年・夏

1

我一直很喜歡在香爐裡梳灰的時間。

香爐是約莫茶碗大小的陶器。裡面裝著用「火筷」挑起的香灰，香灰深處埋有燃透的香炭團，微微發熱。

用「灰押」將香灰壓成錐形小山，接著以「火筷」在香灰斜面描繪出細緻的幾何圖紋。原本一片混沌的香灰經過整理後，漸漸呈現出人工之美。這跟從大量鮮花萃取出些微精油的過程有點類似。

將「火筷」立於香灰堆成的小山頂點，打開一條導熱通道，稱爲「火窗」。

在「火窗」上方放一塊鑲著銀邊的薄薄雲母片，這叫「銀葉」。

把香木放在銀葉上。馬尾蚊足——意思是放上去的這塊香木，是約莫小指尖大小的碎片。

等待香氣出現需要一段時間，我左手持香爐、以右手掩住，湊近鼻尖。

在香道中，香氣不是用來「嗅」，而是用來「聞」的。人類的五感跟我們深層的潛意識相連。要用鼻子去感受香氣，並且側耳靜聽潛藏在深處的聲音。

三息——右鼻、左鼻、右鼻，總共聞三次。閉目在嗅覺中描繪出伽羅的幽玄香氣。

「請。」

我將香爐放在端坐於對面右邊的松浦保奈美面前。

和室裡有四名弟子。去年因爲腦梗塞倒下後，我大約休息了半年，但現在大家都回來了。我的弟子運實在很好。

保奈美身穿白襯衫和黑色長裙。有一副和風五官的她很適合穿和服，但她只在年初的「聞香始」活動和從外部邀請其他師範來時才穿。我們的聚會沒那麼嚴肅，其他弟子也都穿便服或套裝來參加。

屋外傳來蟬聲。我住在這房子三十多年了，夏天的京都眞的很熱。

在京都烏丸買下這獨棟房屋，是結婚後不久的事。

丈夫跟我在同一家公司上班，擔任業務，他開朗陽光的性格吸引了我。他對我說「希望至少生三個孩子」，於是在十條這個方便通勤的地方，買下屬於我們的房子。

遺憾的是，我們沒有孩子緣，婚姻生活僅維持短短三年。我沒想到離婚後會一個人繼續住在這房子裡，如今卻在和室開設香道教室，人生的際遇眞的很難預料。

「有什麼煩心事嗎？」

看到保奈美眉頭深鎖，我問道。

「這伽羅——」她偏著頭，「不覺得有種薄荷味嗎？」

「薄荷？」

「對，薄荷……很奇怪吧？這是伽羅吧？但這味道不屬於『五味』中任何一種……」

香道講究的是，以甘、酸、辛、苦、鹹這五種感覺「五味」來掌握香氣，其中不可能有薄荷味。

暑氣和緊張讓我全身汗濕淋淋。蟬聲唧唧中，我等待保奈美的下一句話。

「妳剛剛一直在嚼口香糖吧，會不會是口香糖留下的味道？」

聽到穿西裝的井上先生這麼說，保奈美搔搔頭：「啊，對喔。」眾人頓時一片鼓譟。看來，香木並沒有沾染上奇怪的東西。我小心不被任何人發現，悄悄嘆了口氣。

「我很尊敬君島老師。」

至今我仍記得第一次跟保奈美見面時，她帶著熱切到幾乎要射穿我的眼神說的這句話。當時的保奈美跟之後出現在教室時可愛的模樣不同，表情嚴肅認真到有點嚇人。

「我在京都大學的藥學院學習有機化學，將來希望能從事跟香料有關的工作。我非常仰慕君島老師，請讓我在教室裡跟著您學習。」

當調香師這麼久，我第一次感受到這麼強烈的熱忱。

我感覺一路累積的職涯經歷，總算有了回報。

說起「Camellia de Neige」的君島芳乃，香水業界可說是無人不知。名為「雪之椿」的這瓶香水，是我任職的化妝品公司的長銷商品，也是讓「君島芳乃」這個名字廣為人知的作品。

我從小就喜歡各種味道。

看到路邊開的花，我就忍不住要靠近去聞。朋友招待我吃只用香料煮的咖哩時，為了猜出加了哪些香料，入口之前我會不斷聞味道，聞到讓朋友受不了。我還曾經因為想體驗狗的世界，趴在路邊聞地面的味道，成為街頭巷尾議論的對象。

高中畢業後，我在地方銀行擔任一般庶務工作，某天，我得知有調香師這種職業。對於在無味無臭的文書工作中深感疲憊的我來說，調香師的工作實在太有魅力。可是日本跟法國等國家不一樣，並沒有培養調香師的專門學校。於是我只好到處詢問化妝品公司，最後獲得其中一家首肯，願意錄用我負責製造事務。

工作中，我對香氣到熱忱受到肯定，成功轉調為實習調香師。同時我也上夜校學習有機化學，進公司第三年，終於順利升任調香師。在那之後，將近四十年，我都從事與香為伍的工作。

調香的工作十分愉快。

我國中和高中的成績極差，做夢也沒想到自己會過著跟元素符號和分子結構為伴的日子。只要與香氣有關，化學和藥學都變得容易理解，實在很不可思議。每當提起這件事，大家都會說「妳真的很有天分」，其實應該說，除了香氣之外我一無所有。或許大家是將這種只有一扇窗能與世界相連的狀態，稱為「天分」吧。

據說，嗅覺是「五感中最複雜的一種」。

色彩世界中有所謂的「三原色」，所有顏色都能由這三種原色混合而成。可是在嗅覺的世界裡，並沒有所謂的「原味」。人能感受到的顏色只有三種，對味道卻有四百多種不同受體。經過排列組合之後，可能出現的味道更是多不勝數，由於太過複雜，關於嗅覺仍有許多未解之謎。身為調香師，我雖然留下不少成績，但總覺得自己只在這未知的大陸上開拓了一小部分。

四十歲時，我走上香道之路。

我認為應該有其他方法能接觸香氣，因此拜入當時的師範之門，成為弟子。十年後開設自己的教室，五十多歲時收了自己的門生。我很慶幸能親身探究這門深奧的傳統文化，更開心的是，離婚後全心投入工作的我，身邊多了許多仰慕自己的人。

「這銅鑼燒好好吃！」

保奈美發出驚嘆。香道時間結束之後，我們通常都會在房子裡的餐廳喝茶。井上先生馬上開口：

「松浦小姐，那不是銅鑼燒，是三笠饅頭，之前跟妳解釋過了吧？」

「哦，三笠饅頭？這再怎麼看都是銅鑼燒吧？」

「妳怎麼就是不懂呢？這點心的形狀取自奈良三笠山，因為來自三笠山，才叫『三笠饅頭』，銅鑼燒是之後才出現的稱呼。我們應該要尊重原創才對。」

「喔，我想起來了。但後來我研究過，這種說法不盡然可信。有人說，其實應該是銅鑼燒先出現，後來奈良的人才管它叫『三笠饅頭』。不知道哪種說法才是對的。」

「哈哈哈。不愧是京大的學生，果然很擅長念書。受教了。」

這段相聲般的對話炒熱了氣氛。弟子之間的感情融洽，也是我相當自豪的一點。我雖然很少參加，但依照慣例，之後他們會一起前往井上先生常去的小餐館喝日本酒。

一邊吃和菓子，一邊聞著大家各自帶來的不同香氣，互相分享感想。這跟講究規矩的香道世界不同，可說是另一場更輕鬆自在的聞香會。大家聊著天，品聞彼此帶來的香棒（fragrance sticks）或香水，這時保奈美露出充滿自信的表情。

「我今天帶來一個滿特別的東西。」

「什麼？幹麼這樣賣關子？」

保奈美沒理井上先生，逕自從包包裡取出一個東西。

看到她手裡握著的白色塊狀物體，我的心臟猛然跳動了一下。

「這是什麼？熊貓的大便嗎？妳從動物遊樂園偷來的？」

「胡說八道什麼！真沒禮貌？我猜這是龍涎香。」

「龍涎香？」

「君島老師應該知道吧？」

保奈美天眞地望著我。這時我的心臟依然噗通噗通跳個不停。

「不過你剛剛說動物遊樂園，其實算是滿接近的。這是我前陣子在和歌山的白濱海岸散步時撿到的。」

「所以，龍涎香到底是什麼？。」

「……是抹香鯨的結石。」

我開口回答，拚命抑制著聲音中的顫抖。

「香料多半是從植物萃取來的，萃取自動物的香料只有四種，其中之一就是龍涎香。這是抹香鯨鮮少吐出的結石，在海中漂流後被拍打上岸。因爲非常罕見，據說價值比黃金還要高……」

「什麼？妳竟然揀到這麼貴重的東西？」

「大一點的要價數千萬圓，這種大小應該也有幾百萬圓的價值。」

「這也太厲害了吧！」

「話雖如此，據說很多龍延香都是假的。松浦小姐，這是真的嗎？」

「嗯，應該吧。」

說著，保奈美將那個白色塊狀物體遞到我的手中。

大小與芒果種子差不多，重量和觸感都很像輕石，跟龍延香的特徵一致。可能是在哪裡碰撞到了，有部分缺角。我將鼻子湊近斷面，深深吸了一口氣。

「我不曉得龍涎香是什麼味道，試著用打火機去燒，發現味道裡帶有一絲甘甜。聽說龍涎香經常會跟塑膠或油塊搞錯，但這明顯不是燒塑膠時會有的味道，而燒油塊似乎只會聞到油臭味。老師，您覺得呢？」

「噓！」

我很少發出這麼嚴厲的聲音。不行，我實在無法抑制高漲的情緒。

閉上眼睛。

我的意識飛往兒時住過的土佐市。

2

「綠，我有件事想跟妳商量……」

在朋友松浦保奈美的拜託下，我前往她在京都大學校內的研究室。夏日陽光灼燒著我的肌膚，真後悔，早知道就該多塗點防曬油。

我就讀的文學院距離保奈美的藥學院有一公里遠，平時很少去。不過，聽說不管是肌肉或感官，人類的身體不用機能就容易衰退，爸爸也一直告誡我：「要當偵探就得養成走路的習慣。」在吉田校區生活的日子還剩下一年，走在路上的我，試圖將風景深深烙印在眼中。

三年前考上京都大學，幾乎是憑著一股衝勁。高二夏天開始上補習班後，我發現念書很有意思，不知不覺中成績愈來愈好，一回神就考上了。我一直想嘗試離家生活，所以這三年來在外租屋獨居。

步出校區，我沿著近衛通走到藥學院的大門口，前往保奈美指定的大樓。一進到室內，冷氣瞬間冷卻了我汗濕淋漓的身體。

研究室在二樓。我一打開門，濃烈到嗆人的味道撲鼻而來。

身穿白袍的保奈美出來迎接我。「這邊、這邊。」我跟著她走到一個位子，只見桌上擺滿了裝著液體的瓶子、量筒、燒瓶等器具。

「啊，綠，妳來啦。」

保奈美是東京人，跟我同年級，她到京都來之後我們才認識。既然上的是藥學院，原以爲她想當藥劑師，沒想到她念的是有機化學，希望將來從事跟香料有關的研究。她本來就很喜歡香氣，在收集香氛蠟燭和香水的過程中，漸漸沉迷於香料的世界。

「保奈美，妳的研究室看起來好厲害，原來是這種感覺啊。」

「很好聞吧？恰巧昨天拿到品質很好的尤加利精油，正在分析成分。」

保奈美指著稍遠處一座龐大的裝置。記得她以前說過：「分析精油是我的興趣，我會在網路上買好的精油，用裝置分析。」

「那個機器叫氣相層析儀，放進樣品就可以分析出味道的成分，製成表格。」

「哦，這麼簡單啊。」

「分析本身是不難啦，不過香氣的世界非常深奧。就算把分析薔薇之後得出的化合物拿來混合，也無法呈現出薔薇的味道。」

「爲什麼？混合味道的原料，不是會產生相同的味道嗎？」

「一般都會這樣想吧?」

保奈美促狹地笑了。

「味道會隨著時間改變，機制很複雜的。而且能夠用質譜法分析的東西，只有可從樣品氣化析出的成分，即使用這個結果來倒算、液化，能夠從這液體氣化析出的成分又完全不一樣。因爲……」

保奈美說得很投入。我聽不太懂她講的內容，但我喜歡看著聊起香氣的她，能感受到她是眞心爲香料著迷。

不過，我今天沒有時間慢慢聽她說。

「保奈美，妳不是找我有事嗎?」

「啊，對!抱歉、抱歉。」

保奈美吐吐舌頭，從報紙團中取出一塊看起來像白色輕石的東西。

「這叫龍涎香。」

「龍涎香?」

「對，大約一個月前撿到的。」

保奈美跟我解釋了什麼是龍涎香，以及她取得的經過。聽起來挺有意思。我以前從不知道抹香鯨的結石竟然是一種香料，甚至有高達數千萬圓的交易價值。據說國外有所謂的

「龍涎香獵人」，靠尋找龍涎香維持生計。

「妳竟然撿到這種東西，太厲害了吧！這下要發財了。」

我沒想太多，讚嘆了兩句，保奈美的表情卻有點陰鬱。

「之前好像告訴過妳……我去了一間香道教室。」

這個話題對我來說很新鮮，所以我記得相當清楚。

我聽說過茶道，但直到保奈美告訴我之前，我並不曉得有大家一起品香的「香道」。焚燒香木，在安靜的環境裡享受香氣，聽起來是很高雅的藝事。

「我們教室的學生感情很好，上完課後大家會互相分享散發出香氣的東西。一週前，我帶了龍涎香過去。」

「可以看到這麼罕見的東西，大家應該非常高興吧？」

「不，大部分的人都不知道龍涎香的存在。香道基本上會用沉香或伽羅，大家對其他香料沒有那麼瞭解。」

「那天發生了什麼事嗎？」

保奈美神情凝重地戳著桌上的龍涎香。

「我帶去的龍涎香不見了。」

「不見了？那麼，這塊呢？」

「這是龍涎香的碎片。我在沙灘上撿到的時候已裂成兩塊。不見的那塊約莫有這塊的五倍大。」

放在桌上的龍涎香像顆小石頭。如果是這個的五倍大，金額應該也相當可觀。

「平時上課結束後大家會一起去喝酒……那天看完龍涎香，我們也去了小餐館。當時我喝得很醉。井上先生——其中一名弟子推薦的日本酒非常好喝。我喝得醉醺醺的，回家路上才發現整個包包連同裡面的龍涎香都不見了。」

「妳在哪裡發現的？」

「在電車上。我搭阪急線回家，一坐下就睡著了，一直沒醒。」

「保奈美，妳喝太多啦。說不定哪天會從月台上摔下去。」

我無奈地說道，繼續問她有沒有找到包包。「找到了。」保奈美回答。就是放在桌上的那個Coach包包。

「我馬上前往派出所，但當天沒找到，我填了資料先回家，已有心理準備可能找不回來。隔天我又去了派出所，警察說找到了。」

「太好了。妳要記取這次的教訓，以後別喝太多酒……」

說到一半，我想起這個話題的開頭。

「妳的意思是，包包找回來了，但裡面的龍涎香不見了？」

保奈美的臉色相當難看。

「還有其他東西不見嗎？」

「皮夾也不見了。但那一天我沒帶信用卡，皮夾裡只放了一些零錢，沒有多大損失。其他東西沒被拿走，反倒讓我覺得不對勁。手機、定期車票、包包都找回來了，只有沒裝多少錢的皮夾和龍涎香被偷走，未免太奇怪了吧？那種東西在不懂的人看來，只會覺得是一塊骯髒的石頭。」

「確實……」

包包本身是名牌，如果偷東西的目的是爲了換錢，值錢的東西沒被偷走就太不合理了。

保奈美認爲犯人的目的是龍涎香。

有人接近睡著的保奈美，偷走她的包包，然後取出龍涎香，隔天將包包和剩下的東西交給警察。把沒有多大價值的皮夾一起偷走，應該是種障眼法。

現在我知道保奈美爲什麼一臉憂鬱了。如果這個推測正確，犯人應該是知道龍涎香價值的人——也就是說，可以鎖定香道教室的學生。

「妳想找出犯人？」

我這才明白她找我來的理由。

高二那年春天，我第一次嘗試當偵探，之後徹底迷上這一行，上補習班備考的同時，還一邊幫忙父親的工作。

上了大學，我依然「沉迷」於當偵探，開學沒多久就解決了管樂團教室裡樂器被偷的事件。之後我陸續接到許多委託，例如揪出伴侶外遇的對象、找出愛騷擾學生的教授弱點、尋找離家出走的貓等等。

我以爲這次應該也一樣，但保奈美看起來十分猶豫，並沒有回答我的問題。沉默半晌，她說出一句令我意外的話。

「我知道犯人是誰，但我不知道該怎麼辦才好。」

「妳知道？」

保奈美面色凝重地點點頭。

「我想犯人應該是君島芳乃老師。」

3

那是十四歲時發生的事，算算已過了四十六年。當時我住在高知縣土佐市，家裡經營洋蘭農園，是種花的農家。

我是個沒什麼長處的孩子，身體虛弱、注意力散漫，跟不太上學校的功課，也不太會交朋友，幸好沒受到霸凌，不過在學校裡就像空氣一樣，在與不在沒什麼太大的差別。我會不會就這樣長大，變成一個什麼都沒有、內在空白一片的大人呢？——懷抱著莫名的不安和絕望，每天好似被一條棉繩勒著脖子。

我們家附近有個叫新居海岸的地方。流入海中的仁淀川在這裡激起很好的浪，如今成了衝浪勝地，但一九六〇年代還沒有這種風潮，那只是有著美麗海岸的地方。

我在那裡撿到龍涎香。

起初，我只覺得是一塊發出動物般奇怪臭味的石頭，可是在臭味中又有著令人融化的甘美，讓我非常好奇。我把石頭帶去給理科老師看，老師說很可能是龍涎香。

龍涎香融解於乙醇中，慢慢低溫熟成，會散發出被稱爲「琥珀香」的獨特香氣。但在海上長時間漂流的龍涎香本體，也會散發出淡淡甘甜、極具魅惑性的香氣。

用打火機燒熱鐵絲後，刺在龍涎香上，再聞融化處的味道——這成爲我的例行公事。龍涎香的香氣十分複雜，根據當天的天氣、濕氣，以及我的身體狀況，會展露出各種不同的面貌。有時會像蜂蜜般甘甜，有時會散發出嗆鼻的野獸般刺激氣味。那刺激感官的味道，就像聞著心儀男孩的味道一樣，讓我不由得全身發燙。巴掌般大小的小石頭，引領我走進複雜的香氣世界。

一個月後，龍涎香被父親沒收。

他並不是擔心女兒沉迷於奇怪的石頭，只是單純爲了錢。他的洋蘭農園經營得不太順利，都靠打小鋼珠來維持精神上的平衡。對我來說亦師亦友的魔法石頭，被他換成無數的小鋼珠，吸入小鋼珠台的洞孔中。

從那之後，我就非常討厭父親身上散發的洋蘭味道。

換穿和服後，我在和室裡做準備，弟子們陸續到達。

保奈美的身影也出現在其中，我不禁僵了一下。得跟平時一樣才行——我如此告訴自己，卻怎麼也想不起平時的自己是什麼樣子。結果我發出異常尖銳的聲音跟她打招呼：

「松浦小姐，妳好啊。」

「君島老師，我今天帶朋友來了，方便讓她一起參加嗎？」

保奈美背後有個嬌小的女孩。

「您好，我叫榊原綠。」

「榊原小姐，歡迎妳來。」

「綠在文學院專門研究《源氏物語》。跟她聊起香道，她十分感興趣。」

「沒有啦，談不上什麼專門研究。我們教授和學生之中有許多厲害的高手，光是要跟上大家就夠辛苦的了。不過我很喜歡《源氏物語》，有形形色色的人物登場，讀起來相當有意思。」

綠害羞地微笑。她長得不算美，不過可愛的笑容莫名吸引人。

「《源氏物語》眞的很不錯呢……」

家喻戶曉的平安時代巨作《源氏物語》，是知名的香氣文學。書中經常描寫貴族愛用的薰香，透過文字呈現出作品中馥郁迷人的世界。

「所以，我今天帶了跟《源氏物語》有關的禮物來送給老師。」

「喔，是什麼呢，太開心了。」

「剛剛我們去了香鋪，拿起盒子的瞬間就聞到很棒的味道。我心想，送這個準沒錯。」

綠將紙袋遞給我。裡面放著一個用包裝紙包起來的小盒子。

打開包裝紙，是一個寫著「黑方」的黑盒子。「哇，這不是黑方嗎！」我忍不住驚嘆，靠近聞了好幾次。

黑方是平安時代的一種薰香，相當高貴。在《源氏物語》裡經常出現，不過我首先聯想到的是第十帖〈賢木〉。因爲跟義子光源氏之間的悖德戀情而苦惱的藤壺，打算出家與他斷絕關係。那一天京都下著雪，月光照在附近的積雪上，藤壺在房裡點起黑方，等待源氏的到來。

強風陡起，吹散積雪，簾內芬芳滲入深沉黑方，名香輕煙裊裊。

凜冽的風吹起，銀白的世界中，唯有黑方的香氣靜靜瀰漫。我想著紫式部這馥郁芬芳的名句，在鼻腔深處描繪著黑方的甘甜香氣。

不知不覺中，僵硬的心被軟化。一想到這可能是千年以上就飄蕩在此地的香氣，心情就輕快了不少。

這時，我不禁倒抽了一口氣。

綠的眼神變得冰冷又可怕。

「很高興您能喜歡。期待今天的課程，還請多多賜教。」

說這些話時她露出微笑，又回復成剛剛見面時那張可愛的臉。

是我看錯了嗎？這樣人畜無害的女孩，不可能露出那種眼神。

我這麼告訴自己，開始準備上課。

「松浦小姐，妳今天表現得很好，根本是阪神虎隊赤星憲宏飛撲接球等級的妙接。」

「我之前就想說了，其實井上先生不是京都人吧？再怎麼看你都比較像大阪人。」

「這妳就不懂了，說到大阪，應該要先想到歐力士猛牛隊，而不是阪神虎隊。現在的歐力士沒有出色的守備球員，鈴木一朗現下一定在海的另一邊哭泣，眞是不中用啊。」

「我看你眞的是大阪人吧。」

聽著井上先生跟保奈美的一來一往，自然而然嘴角就會上揚。

井上先生的興致比平時更高，似乎很喜歡綠。綠光是開口說話就讓氣氛變得十分歡樂，一下子就融入大家。不過她品香時凜然的姿勢，又有著並非一朝一夕可以養成的好氣質，說不定是哪裡的名門千金。

「對了，聽說香道中有所謂的『組香』，這個教室只教『聞香』是嗎？」

綠隨口聊起這個話題。

「到去年爲止都還會玩組香。妳聽說我得了腦梗塞的事嗎？」

「是的。」

去年我因爲輕度腦梗塞住院一週。幸好沒有留下後遺症，但出院之後我的身體狀況和精力都大不如前，便辭掉了長年在化妝品公司的工作。

「生病之後我就沒有力氣再玩組香了，現在只有聞香。」

「這樣啊。組香是猜香氣的遊戲，對吧？我很喜歡玩遊戲，眞想試試看。」

她懂得還不少，看來對香道感興趣應該不假。

組香是焚燒幾種不同香木，猜猜是什麼香的一種遊戲。其中最有名的玩法叫「源氏香」，使用五種香木，答題方式取自《源氏物語》的帖名，除此之外還有無數種不同的玩法。

「生病之後，我想靜靜面對每一種香氣，所以不玩組香了。」

「眞好。能這樣一路跟著您的弟子，也很棒呢。」

「就是啊，眞的非常感謝大家。」

我感到心口有股微微暖意。

「香氣這種東西眞的很有意思，不同的香木散發出的味道也完全不一樣，總覺得可以藉此連結到古老的時代。」

「一點也沒錯。其實，香氣跟時代的演變有密切的關係。我出社會工作時，流行的是所謂的『綠香調』，也就是森林、綠葉的味道。戰後走向現代化，全世界都崇尚回歸自然，香氣的趨勢也反映了這些潮流。」

「這些變遷肉眼很難看見呢。文學、繪畫、音樂都能留下紀錄，料理也能保留照片。但香氣這種東西眼睛看不見，又轉瞬即逝。十年前到底流行過什麼、經過怎樣的變化，往往難以回溯。」

「沒錯、沒錯。」

綠的回應讓我興致大發。

「大家都覺得香氣是一種捉摸不定的東西。現在我們雖然能讀到紫式部的文章，但已聞不到平安時代的黑方香氣。而且，嗅覺是一種相當複雜的感覺。要用化學方式重現某種香氣非常困難。味道是一期一會（註）。好的香氣可能再也聞不到。希望大家能珍惜與每一種香氣的相遇。」

「我懂、我懂。據說味道會直接連結記憶。每次聞到扶桑花的味道，我都會想起以前去沖繩的事。」

「喔，這叫『普魯斯特現象』……」

我就像在跟老朋友友聊天一樣，不斷跟綠說著話。她對知識充滿好奇心，不管我說什麼她都會回應。不光是井上先生，所有弟子似乎都變成綠的粉絲了。

「對了，我讀了君島老師的著作。」

綠從包包裡拿出一本文庫本。《雪香調》，是我十年前寫的隨筆集。

「這本書讓我充分瞭解到老師對香氣的愛，眞的很精彩。文章又寫得很美……看來您

註：源於茶道的成語，指一生只有一次的相遇。

也有寫文章的天分。」

「謝謝妳。被文學院的學生這樣稱讚，實在難爲情。」

「寫龍涎香的段落也好精彩。」

突然出現的那個詞語，害我背脊一涼。

「您年輕時偶然撿到龍涎香，自此踏入調香世界的那段故事，讓我印象深刻。香氣眞的是一期一會呢。如果沒有遇見龍涎香，老師就不會成爲調香師，我跟老師說不定也不會在這裡見面了。香氣確實很複雜，但我覺得人生也一樣複雜。」

「就是啊，一點也沒錯……」

「對老師來說，龍涎香眞的非常重要呢。」

——就是這種眼神。

剛剛我瞬間感受到的冷酷眼神。在綠親切眼神的後方，彷彿有另一雙眼睛在看著我。。

「對了，聽說這個教室的學生上完課後通常會一起去喝酒？井上先生會帶大家去有好喝日本酒的餐廳是嗎？」

「喔，小綠，妳也喜歡喝酒嗎？那家店很少人知道。店主會從跟他交情不錯的酒藏老闆那裡，進一些市面上買不到的生酒，都是其他地方喝不到的呢。」

「如果方便的話，我很想參加。老師要不要一起來？」

溫暖的眼睛跟冷酷的眼睛，兩雙眼睛同時看著我。

「對了，一個月前老師似乎也參加了聚會。聽說您不常出席，當天卻一起去了。因爲可以跟老師一起喝酒，保奈美非常開心。今天您去不去呢？」

「今天……我就不去了，身體不太舒服。」

「是嗎？請多多保重。對了，保奈美在老師參加聚餐那天弄丟了皮夾，裡面有十萬圓，她被爸媽罵了一頓。」

「十萬圓？怎麼可能？」

那皮夾裡只放了七百圓左右啊——我差點脫口而出，急忙閉上嘴。

綠不再隱藏她的疑心。那對正在仔細觀察的冷靜眼睛，一直凝視著我。

「那下次有機會再一起喝酒吧，還有很多事想跟您聊。比如龍涎香，也想再進一步請教您。」

綠露出天眞爛漫的微笑。冷酷的眼神已消失。

注意到她眼神變化的只有我。在和樂融融的氣氛中，她只對我露出那樣的眼神。

沒有人注意到這件事。聚會一如往常地溫馨和睦，讓我打從心底感到害怕。

4

小到能放入掌心的玻璃瓶裡，裝著液體。

這是君島芳乃的代表作「雪之椿」。宛如白雪結晶的毛玻璃瓶身，是十分夢幻的設計。

「我覺得妳很適合這種優雅的香氣。」

保奈美將香水噴在我的頸邊，頓時香氣瀰漫。像是走進森林般，濃厚的嫩葉氣息。

「這味道可以嗎？會不會太刺激？」

「不會。前調通常就是這麼濃，隨著時間會慢慢融合、穩定下來。」

香水似乎會隨著時間的經過，逐漸改變味道。「雪之椿」剛擦上時的前調有清新的木質味，來到香水散發出最好的香氣的中調，則會出現山茶花低調含蓄又甘美的香氣。接著來到後調，彷彿周圍積滿白雪，留下靜謐餘香後漸漸消失。

見到君島芳乃後，我終於明白調香師是一種什麼職業。這不是一個人單憑優異的嗅覺和各種藥品就能完成的工作。運用會隨著時間流動而變化的香氣，編織出一個故事——以自然界的香料和有機化合物來完成的藝術，這就是香水的世界。她豐富的文化素養，是身爲調香師必備的條件。

「所以呢？龍涎香的事妳打算怎麼辦？」

昨天上完課，我跟保奈美討論了一下。

偷走龍涎香的無疑是芳乃。面對那麼明顯的試探，會表露出那麼明顯動搖的人實在少見。她是個善良的人。我猜想過去別說偷東西了，她可能連謊話都很少說。

「我想應該是君島老師偷的沒錯，不過可能不是有計畫的。一個月前她罕見地參加聚會，或許是想拜託妳把龍涎香讓給她。」

「大概是吧。」

「但她還來不及說出口，聚會就結束了。君島老師跟在妳身後，發現妳喝得爛醉，在電車裡睡著了。於是她一時鬼迷心竅，偷走包包，拿到龍涎香，卻一直無法坦承這件事——我猜事情的經過可能是這樣。」

「我想也是。」

「那妳打算怎麼辦？」

我昨天沒聽到她的回答。眞的要從尊敬的芳乃老師手中拿回龍涎香嗎？還是維持現狀，當成一切都沒發生？

「我想拿回來。」

保奈美的神情沉重。

「我懂，畢竟是貴重的香料。」

「這是原因之一，此外我需要錢。」

「錢？」

「對。不管是器材或香料，爲了讓研究更有效率地進行，我有很多想要的東西。龍涎香就是我的資金來源。」

這個理由遠比我想像的更加務實。聽說許多研究室都陷入慢性資金不足的狀況，對年輕學者來說，這應該是常見的煩惱吧。

「可以請君島老師買下來啊？」

「我覺得不大可能。君島老師病倒時好像沒有加入保險，工作也辭了。幾百萬圓她是出不起的。」

「看樣子只能拿回來了。」

「妳覺得該怎麼跟她提比較好？」

「直接說是最好的方法。人都難免有糊塗的時候。我們可以拜託她歸還東西，之後不再追究。」

「如果她不肯還呢？」

依芳乃的個性，應該會老實歸還。可是不到最後關頭，誰也無法看清一個人真正的樣子。我也曾經目睹善良的人轉眼翻臉的瞬間。

「到時只要想個她能接受的理由就行了。」

「什麼意思？」

保奈美一臉不解，於是我說出預先想到的方法。

「比方說，用組香。」

5

用打火機燒熱鐵絲，刺在龍涎香上。

龍涎香的主要成分是脂質。鐵絲周圍一點一點滋滋融化，就像加熱後的巧克力般變得黏稠。調香工作中我也用過龍涎香，但能這樣盡情融解龍涎香，是十四歲以來第一次的體驗。我將鼻子湊近，在鼻腔中描繪著這甘甜、芬芳，帶有動物性，甚至是官能性的味道。

——小偷。

責難的聲音在我身體裡翻湧。

——居然從仰慕自己的弟子手中偷來這種東西，妳這個笨蛋、蠢貨……！

強烈的自責讓我幾乎想捂住耳朵。

對講機突然響起，我差點跳了起來。

急忙用報紙包起龍涎香，塞進櫥櫃深處。下到一樓，「來了！」打開玄關大門的瞬間，我整個人僵住了。

「老師，您好。」

眼前站著一身和服的保奈美。她背後還跟著綠。

「松浦小姐，妳穿得這麼正式，有什麼事嗎？」

「我有話想跟您說，方便打擾一下嗎？」

「可以是可以……」

我一邊回答一邊看著綠，她一臉狐疑地盯著我。跟昨天的冷酷表情不一樣，她彷彿看著什麼不可思議的東西。該不會是聞到龍涎香的味道了吧？我拚命克制想伸手拍動空氣的衝動。

保奈美一襲淡紫色和服，繫著菱紋腰帶。和服是一紋準禮裝，之前她只在新年的「聞香始」儀式上穿過。如此正式的裝束，讓人感受到她的決心。

「君島老師。」

我們在和室裡面對面端坐，保奈美開口：

「能不能請您將龍涎香還給我？」

明明是被偷的一方，卻愼重地提出請求。

「我非常尊敬君島老師，不管是您的爲人，或者在工作上的成就，我都眞心敬佩。君島老師不是一個會爲了私利私慾行事的人。但再好的人偶爾也會有著魔的時候，我無意責怪您。」

保奈美誠懇的話語緊緊揪住我的心。

「我希望能繼續尊敬君島老師，不想讓事情變得更嚴重。能不能把龍涎香還給我，然後我們就當什麼事也沒發生呢？」

本來以爲她會向我低頭行禮，她卻只是堅定地看著我。可能是覺得不必要的卑屈會讓我更愧疚吧。那挺直的背脊讓我感受到她深切的體貼。

——時候到了。

早知道就不該這麼做。

當初在阪急電車上偷走保奈美的包包，確實是臨時起意。但在那之後依然隱瞞自己的所作所爲，並不是著了魔。都是因爲我的儒弱，讓我無法從偏離的軌道折返。

儘管如此，保奈美還是願意原諒我。她是我珍愛的弟子。我不能繼續背叛她。

我開了口，「妳在說什麼？」

脫口而出的話，連我自己也感到驚訝。保奈美彷彿大受打擊，表情僵硬。

「松浦小姐，龍涎香弄丟了嗎？真糟糕……妳報警了嗎？那麼貴重的東西得小心保管才行啊，最好不要經常帶出來……」

話語宛如從山坡上滾落，接二連三地跑出來。不，我想說的不是這些話。

滿臉失望的保奈美身邊，綠直盯著我。像極了調香師看著氣相層析儀產出數據時的眼神。那是分析研究對象時，既客觀又冷靜的眼神。

「我肚子有點餓了。」

綠唐突地說道。

「對了，附近的『梅水亭』已開始賣當季的京菓子，就是八月的『水瓜羹』。本來想買來當伴手禮，竟然忘了……要不要大家一起吃？」

「怎麼突然提起這個？妳的意思是，現在去買回來嗎？」

「對啊。不過似乎快下雨了……」

不然這樣好了！綠拍了一下手。

「我們來玩遊戲，輸的人去買，如何？」

「遊戲？我不會玩遊戲啊。」

「有沒有什麼老師也會玩的遊戲呢……對了，香道裡不是有『組香』嗎？」

這誘導實在很不自然，不過綠顯然並不打算隱藏自己的意圖。

「我們來玩組香，分數最低的人要負責出門買和菓子，如何？」

「現在開始玩組香？」

「對啊，我一直很想玩玩看。不行嗎？還是老師有什麼隱情，不方便出門？」

「倒是沒有這回事……」

我低聲回答，一邊思考著。

綠不可能擅自提議。保奈美一定知道她會開口說要玩組香。

這是保奈美向我下的戰書。

如果輸了，我就得外出去買和菓子。她是想趁機取回龍涎香吧。用香氣來一決勝負，輸了就徹底死心——這就是她們給我的訊息。

「好。」

我做好了覺悟。

「但要怎麼玩？玩組香需要有『香元』、『執筆』和『連眾』，分別是負責出題的人、負責記錄的人，和回答的人。如果由我當香元，就會是松浦小姐和榊原小姐回答。假如由松浦小姐當香元，我和榊原小姐在經驗上的差距又太大……」

「請老師當香元，我來回答。」

看來她們早就考慮過了，保奈美不假思索地應道。

「全都答對就是我贏。只要有一題出錯，就是老師贏。可以嗎？」

這時我才明白她特地穿和服來的理由。爲了讓身心處於清明敏銳、能夠聞到更細緻香氣的狀態，她先從服裝著手。

「好，沒問題。」

「香組由您決定。『源氏香』或其他的都行。」

「我想想……」

我暗暗思忖。組香有無數種規則，該玩哪一種好呢？

恰巧對上了綠的視線，我腦中浮現一個點子。

「『綠香』怎麼樣？」

*

我提筆在矮桌的紀錄紙上寫著。紙張最左側大大寫著組香名稱「綠香」。

「綠香

證歌

暗香悠然　心繫神往　落地凋零殘花　夏日舉目　僅見綠葉蔥蔥

香名

花　勿忘草　佐曾羅

夏　三伏　羅國

綠　夏木立　伽羅

下附

全　葉櫻

綠中　木下之闇

他　病葉」

「這是什麼意思？」

坐在左邊的綠探頭望著桌面。剛剛的冷漠消失，她渾身都散發出對我寫下的組香步驟的好奇。

「雖然有知名的『源氏香』，但其實組香本來是允許自由決定規則的一種遊戲。看到榊原小姐，我就想到了『綠香』。」

「這裡寫的『證歌』是什麼意思？」

「玩組香時會先有一首作爲主題的歌，通常會使用和歌，不過可以用漢詩，也可以用現代詩。我還用T・S・艾略特（Thomas Stearns Eliot）的詩玩過『艾略特香』。」

「這首證歌是老師寫的嗎？」

「怎麼可能呢。這是取自《後撰和歌集》的一首。」

「爲了搭配這組香，您從《後撰和歌集》中引了這首歌嗎？」

綠驚訝地看著我。之前總顯得虛假的她，第一次讓我感受到接近眞實的感情。

「『香名』是在這組香中替香木取的獨特名字。這次我從證歌中取了『花』、『夏』、『綠』三個字，用來代表佐曾羅、羅國、伽羅三種香木。在『綠香』中將它們稱爲『勿忘草』、『三伏』、『夏木立』——這就是香名。」

「那『下附』又是什麼？」

「全——所有問題都答對是『葉櫻』，答對『綠』是『木下之闇』，除此之外稱爲

『病葉』。如果用一分、兩分、三分來計算，豈不是少了些雅趣？」

「我本來以爲組香是一種很無機質的遊戲，沒想到這麼風雅……」

沒錯。組香雖然有比賽的形式，但競爭分數本身沒有太大的意義，最重要的是透過香來接觸各種文化。「證歌」是爲了開啓這扇門，門另一側的風景則以「香名」和「下附」來表現。

「香組背後好似有一個鮮綠的世界。君島老師，您眞是一位涵養深厚的人……」

正因如此，做出這種事才更令人感到遺憾——我彷彿聽懂了她這句話背後的意思，難道是我多心？

「好，那就開始吧。」

我試圖打斷這股煩悶的情緒，將燃透的香炭團放進香爐的香灰中。

用「灰押」整理香灰，拿起「火筷」撥畫出圖紋。將香灰修整成漂亮形狀的同時，也梳理了我紊亂的心情。

我將香爐傳給保奈美。一開始，連眾必須確認香爐。保奈美認眞地看著香灰上的紋路。

我將「銀葉」放在傳回來的香爐上，接著放上「綠」的香木。

組香有各種不同的規則，其中「綠香」的規則極爲簡單。

綠香使用的香木有三種。保奈美先聞其中的「綠」和「花」。這稱爲試香，是正式開始前的準備。

之後稱爲「本香」，也就是回答香氣的比賽。連眾聞過三種香木後，回答剛剛試香時聞過的「綠」和「花」各是哪一種。剩下的「夏」在試香時沒有聞過，假如出現陌生的香氣，就回答是「夏」。可能的答案只有六種，跟共有五十二種排列組合的「源氏香」相比，難度低了許多。

保奈美試香時的樣子，幾乎可說是嚇人。明明是輕鬆的遊戲，她卻有種要眞槍實彈決鬥的氣勢。

「那麼，我就開始焚本香了，還請安坐。」

試香結束，終於輪到本香。只見保奈美在手邊的硯台上磨墨，將名字寫在紀錄紙上。我從香包中取出第一種香木，放在「銀葉」上。香包穿在「鶯」——也就是插在榻榻米上的銀籤上。

——寫吧。

看著認眞聞香的保奈美，我幾乎想大叫出聲。

——現在馬上收手吧。向她道歉並歸還龍涎香，一切不就結束了嗎？

保奈美，這間教室的弟子，是我的至寶。

為什麼我會做出這種蠢事呢？為什麼我沒能停手？感受著香爐裡香炭團的熱度，我覺得自己彷彿正在被業火灼燒。儘管如此，內心的軟弱還是阻止了我說出這些話。

保奈美聞完了三種香。

如同棋士面對難局時陷入長考一樣，保奈美也面對紀錄紙開始沉思。

組香這種遊戲很講運氣。因為香木會隨著時間改變味道，嗅覺也有在環境中漸漸適應、馴化的特性，一直聞著同樣的香氣，感受的敏銳度會漸漸降低。我曾經邀請同行的調香師玩組香，即使身為嗅覺專家，五人當中也只有一人能夠全部答對。「綠香」雖然難度較低，要全部答對也不簡單。

保奈美全神貫注，試圖回答變數如此大的問題。讓弟子面臨這種困境，我難受不已。

保奈美拿起了筆。

筆尖沾滿了硯台上的墨汁，她迅速在紀錄紙上寫下答案。當初來這間教室上課時，保奈美拿筆的姿勢還有些稚拙。這流暢的運筆，象徵著我跟她相處的三年時光。

她自信十足地提交紀錄紙。

「請您確認。」

我看了她的答案。

6

「妳表現得很棒。」

我一邊挖著巨大的抹茶聖代，一邊安慰保奈美。

比賽結果是「木之下闇」。保奈美只答對「綠」，其他兩種都錯了。

保奈美安靜地以迅猛之勢將聖代送進口中。從吃東西的樣子就能看出她的懊悔。保奈美是會靠吃來紓解壓力的人，之前我也陪她暴飲暴食發洩過幾次。

「我去幫妳要回來吧？」

不知道保奈美有沒有聽到我的話，她沒回應，繼續吃著聖代。

「我覺得再推一把，她就會招認了。玩組香時，君島老師看起來深受罪惡感苛責。我想她應該有認罪道歉的念頭。」

「再推一把？」

「總之，我再去說服她一次，如果行不通，就稍微威脅她說，我們會把她偷東西的事公開。還是不行的話……」

「我不想做到這個地步。」

保奈美轉眼間就把聖代吃完，又追加了刨冰和餡蜜（註）。她大口灌下粗茶，重重嘆了一口氣。

「我不想把事情鬧大。」

「嗯，但現在應該鬧得滿大了吧？」

「我不希望再繼續逼君島老師。她病剛好，我不想增加她的負擔。」

「那龍涎香呢？要是賣掉，能拿到好幾百萬圓不是嗎？」

保奈美沒打算回答我。桌上送來澆了滿滿抹茶糖漿的刨冰。剛剛還用心地想聞出不同香氣的保奈美，此時不知到哪裡去了。她將湯匙戳進刨冰裡，暴風般開始進食。不如先任由她去吧。

——比起這個……

我腦中浮現幾個疑點。

「君島老師爲什麼不再玩組香了呢？」

聽到我的低喃，保奈美停下挖刨冰的手。

「老師在腦梗塞之前，會在課堂上玩組香吧？」

註：以紅豆餡為主，加上黑糖蜜食用的甜點。

「對，每次都會玩……」

「住院後她想靜靜面對每一種香氣，於是不再玩遊戲性質高的組香——君島老師這麼說的時候，我本來覺得很合理，現在想想實在有點奇怪。」

我向來重視自己察覺到的各種異樣。哪怕只是小小的疙瘩，仔細循線去查，往往都能找到事物的本質。這是我在偵探這一行學會的道理。

「我以爲組香是一種猜香氣的謎題，實際玩了之後才知道完全不是那麼回事。能不能解出正確答案並不重要，眞正的意義在於透過遊戲接觸到深奧的香氣世界——應該是這種底蘊深厚的遊戲，對嗎？」

「沒錯，所以每間香道教室都會玩組香。」

「那有什麼理由停止呢？」

芳乃即興想出的「綠香」非常精彩。藉由證歌和香名的設定，開啓了通往香氣背後的鮮綠世界的大門。只是靜靜聞著香木，恐怕不會有這樣的效果。

另外，芳乃的舉止也有許多可疑的地方。

「君島老師爲什麼對龍涎香這麼執著？她有金錢上的困擾嗎？」

「妳讀過《雪香調》吧？對老師來說，龍涎香的意義非凡。」

「那也不能因爲這樣就偷走弟子的東西啊。龍涎香眞的有那麼珍貴，非弄到手不可嗎？」

「我想也沒有那麼絕對。其他還有很多用了琥珀的香水，企業的調香室裡應該也能看到樣本……」

如果是這樣就更奇怪了，我實在想不透芳乃爲何如此執著。

我發現自己漸漸沉浸在這個謎題裡。

遇到覺得奇怪的事就忍不住想探究。如果是關於人的謎題，就更無法控制這股慾望。自從進行五年前的那次調查之後，我的這種傾向愈來愈明顯。如同保奈美靠食慾來排解壓力，我的衝動只能靠著窺探「人性」來排解。

「保奈美。」

眼看時機成熟，我下定決心開口。

「妳是不是瞞著我什麼？」

保奈美的手從剛剛就一直靜止不動。送到她面前的餡蜜，就像擺在店家櫥窗裡的樣品般漂亮完好。刨冰已融化，在容器裡形成一片淡綠色的湖。

「其實我一直覺得很奇怪。爲什麼妳那麼想取回龍涎香？」

「還能爲什麼？因爲龍涎香很値錢啊，有人會把中獎的彩券故意丟掉嗎？」

「那就不計任何代價搶回來啊。如果妳狠不下心，那我來幫妳。我不收妳手續費。」

「我沒有拜託妳這麼做。我不想做得這麼絕。」

「但妳想要錢，不是嗎？」

我又問了一次，保奈美沒有回我。

我再次回想芳乃從昨天到今天的一舉一動。

從第一次見面開始，我就覺得芳乃很不自然。

——果然是這樣。

看到保奈美的反應，我終於明白事情的全貌。

「我再問妳一件事。」

我對表情冰冷的保奈美說。

「能否告訴我有沒有這種香水？」

7

——爸，還給我！

最重要的東西被搶走了。不管再怎麼哭叫、再怎麼伸手，父親仍粗暴地緊握著那個東西，不肯還我。

——這是我的寶貝。求求你，還給我吧。不要賣掉它。就算放在你那裡也好，請把它留在家裡！

父親完全沒聽到我的聲音。對他來說，我寶貴的龍涎香跟路邊撿來的小石頭沒兩樣，只是賣掉它可以換錢。這麼一來，他就能多打一陣子小鋼珠。

——爸，求求你。錢我可以去賺！

——請你不要從我身邊搶走它！

我巴住父親，瘋狂哭叫。父親身上沾染著濃厚的洋蘭氣味，幾乎讓我作嘔。他甩開我，逕自離開。連同龍涎香的香氣，消失在暗處。

這時，我驚醒了。

躺在榻榻米上睡了午覺。過了四十六年，至今我仍會做這種惡夢。明明父親都過世好多年了啊。

此刻我才發現對講機響了。

應該是這聲音把我叫醒的。對講機不斷地響，聲音相當急促。

「您好。」

走出玄關，只見來者是綠。沒有看見保奈美的身影。看她的表情，似乎是想來做個了結。

「我買了『梅水亭』的『水瓜羹』來。三天前賣完沒吃到——老師，要不要一起嘗嘗？」

說著，她揚了揚手上的紙袋。我知道她的目的不是來喝茶。可是就算我拒絕，她還是會再找機會過來吧。

「借用一下廚房。」

進了門，綠開始準備和菓子。原本以爲她想趁我不注意偷偷搜索家裡，但她好像沒這個打算。我回到和室，等著綠進來。

「讓您久等了。」

綠坐在我的對面，端上一個玻璃盤。這塊鮮紅色的羊羹應該是用了西瓜汁吧，漂亮的紅色浮在透明玻璃上，捎來涼意。

綠的烏樟木叉劃入羊羹時，我也將羊羹送入口中。嘴裡很乾，吃不出味道。

「君島老師。」

吃了兩口，綠的話聲音在和室響起。

「您知道這是什麼嗎？」

她從包包裡取出一塊用報紙包起的物品。看到她拿出來的東西，我不禁倒抽一口氣。放在那報紙團中的，是龍涎香。

「這是我跟保奈美借來的。是老師偷走的那塊龍涎香的碎片。」

我沒有偷啊——

我正要反射性地回答，卻說不出話。

「老師，我再問您一次——您知道這是什麼嗎？」

「這是什麼？不是龍涎香嗎？」

「您爲什麼覺得這是龍涎香？」

「爲什麼？」

「外表再怎麼看都只像一塊石頭，爲什麼您判斷這是龍涎香呢？」

「那是因爲……之前松浦小姐帶來給我們看過。那塊龍涎香有個缺口，根據我的記憶，這斷面看起來是一樣的。」

「保奈美帶來的東西，有龍涎香的味道嗎？那種甘甜馥郁、帶著琥珀香的味道？」

綠試探性地看著我的眼睛。

「這不是龍涎香。」

「啊？」

「這只是普通的油塊。」

聽到這句話，我腳下的地面彷彿瞬間崩落。

「油塊？這怎麼可能……」

「不會有錯。保奈美很久以前就把這塊碎片交給專家鑑定，在龍涎香被偷之後才收到鑑定結果。她一直堅持要把龍涎香拿回來，都是爲了您。如果君島芳乃把油塊當成龍涎香放在身邊，萬一被外人知道可是奇恥大辱。」

綠用指尖戳著那塊龍涎香碎片。

「龍涎香的假貨很多。聽說經常有人將塑膠塊、海蠟、海綿動物等送去鑑定。其中最常被搞錯的，就是油塊。」

一點也沒錯。龍涎香——抹香鯨的結石成分幾乎都是脂質。經過所謂的熱線測試，用烤熱的鐵絲穿過石頭，假如融化湧出黏稠的油脂，就很可能是龍涎香。但流入海中的石油凝結的油塊也具備相同的性質，兩者沒有辦法靠熱線測試區分。

這時，最關鍵的便是香氣。油塊加熱之後只會散發出脂質燒焦的味道，而龍涎香的野獸臭味中帶有甘甜的獨特香氣，是最好的區別特徵。

「聽說，這是生活排水中的油凝固而成的油塊。」

「排水……」

「對。最近好像很多這種東西。從下水道流入海中的油，凝固之後變成油塊，再漂到海岸上。過程中這油塊大概吸收了某些甘甜的味道吧。既然是生活排水，可能是洗潔精、洗髮精之類的。總之，這並不是龍涎香。老師，您爲什麼覺得這是龍涎香呢？」

我無法回答。喉嚨就像被棉花塞住了一樣，忽然覺得好渴。

綠宣布判決的結果。

「君島老師——您失去了嗅覺，對吧？」

我沒回答。在凝滯的沉默中，綠平靜地往下說。

「您去年因腦梗塞病倒，是當時喪失了嗅覺吧？有一種症狀叫『中樞性嗅覺障礙』，指的是受到腦神經影響而喪失嗅覺。您應該就是這種症狀吧。」

我認識綠才不到一週。

這個人爲什麼能看穿這些呢——

「我最早起疑，是在我們第一次見面的時候。」

「第一次見面？」

「對，記得我送您的禮物嗎？」

應該是黑方的薰香吧。

「送給您時，您說『哇，這不是黑方嗎』。您還記得嗎？」

「是嗎……我沒有印象，不記得了。」

「您確實說了。老師打開包裝紙，很感動地說『哇，這不是黑方嗎』。您爲什麼會這麼說呢？」

「爲什麼……收到禮物本來就會覺得開心啊。」

「我不是問這個。我要問的是，爲什麼您會在這種時候說這句話？」

綠露出回想的眼神。

「我還記得選香時的情況。在店裡挑選時，我一拿起盒子就聞到很香的味道。也就是說，它的香氣非常濃烈，連從盒子外側都聞得出味道。可是老師一直到拆開包裝紙前，都不知道盒內裝的是黑方。身爲擁有優異嗅覺的前調香師，爲什麼會這樣呢？」

「妳……妳是故意找碴吧。我當然知道，只是剛好在那時候說出口而已。」

「在那個時候的確有這種可能。然而，老師隔天的舉動，又讓我確定了這一推測。我確信您一定失去了嗅覺。」

隔天——也就是跟保奈美進行組香比賽的那一天。

「我做了什麼嗎？」

「與其說您做了什麼，更正確地說，是您沒有採取某項行動。」

綠以指尖撫著自己的頸子。

「我那天噴了香水。是老師的代表作，山茶花的香水。」

「雪之椿」——

「來這裡之前請保奈美替我噴的。可是，老師完全沒提到這件事。第一次來時沒有的香水味——而且是您親自調製的香水，爲什麼沒有提到這件事呢？當時我身上散發的應該是中調的山茶花香。」

原來如此——

我差點癱倒在地。綠毫不留情地繼續揭穿竭盡全力只求保全體面的我。

「老師失去了嗅覺。不再玩組香也是出於這個原因。看了前幾天的組香，我覺得很不解。老師說因爲『只想靜靜面對每一種香氣，所以不玩組香了』，但組香並不是單純的比賽，可以藉此更深入體會香氣世界的豐富內涵，您爲什麼不再玩了呢？」

綠犀利的話語，無情地刨出我藏在內心深處的東西。

「因爲如果繼續玩組香，老師喪失嗅覺的事可能會被發現。身爲調香師的您答錯太多次，大家一定會起疑，甚至跟您罹患腦梗塞連結在一起。您害怕這件事被周圍的人察覺。」

——爸，還給我！

跟那個時候一樣，我珍藏的寶貝正在被一股強大的力量搶走。

我只有香氣。

由於喪失嗅覺，我無法繼續擔任調香的工作。如果連香道教室也關門，我將失去所有與外界的連結。

別把這個也從我身上剝奪。

「『要當偵探就得養成走路的習慣』。」

「什麼？」

「人的器官不用就會漸漸衰退。如果不給予刺激，與嗅覺相關的細胞就會逐漸死亡。」

綠繼續說道。

「聽說最近海外學者開始提倡一種『一邊想像香氣一邊聞味道，藉此修復嗅覺』的復健方法，是針對光靠藥物難以醫治的嗅覺障礙。大家都很期待，認爲應該是有效的治療方法。您明明失去了嗅覺，卻經常聞各種味道。您應該也在進行一邊想像一邊聞各種味道的嗅覺復健吧？」

爲什麼她連這個都知道——

「就在這時候，龍涎香突然出現在您眼前。您認爲是命中注定的機緣，非常想拿到手。如果得到帶領您進入香氣世界的龍涎香，一邊想像香氣一邊不斷聞著那種味道，嗅覺說不定有可能恢復。您懷著這樣的期待，所以才……」

「妳有什麼證據嗎？」

以爲自己的語氣很平靜，一開口聲音卻近似哀號。

「我喪失嗅覺？胡說八道，妳到底有什麼證據？我知道那天榊原小姐脖子上有『雪之椿』的香味，但覺得十分難爲情，才刻意不提。調香師發現別人擦自己製作的香水，通常都不曉得該說什麼才好。」

「那請您找個東西來聞聞味道，這樣就能證明我說的對不對。」

「我不想再跟妳說話了，請回吧。」

綠直盯著我不放，之前也看過她這種觀察研究對象般的眼神。我不想再見到她這雙彷彿要看透人心的眼睛。

「君島老師，」綠說道：「我已證明您喪失嗅覺的事實。」

接著，她慢慢指向地板。

順著她指的方向望去，只見放在榻榻米上的「水瓜羹」。

「羊羹好吃嗎？」

我不知道她這話是什麼意思，並沒有回答。

「羊羹本身沒什麼奇怪之處，確實是我從『梅水亭』買來的。問題不在羊羹。我在這盤子的邊緣，塗了某種東西。」

「某種東西？」

「帶有蘭花香氣的香水。是保奈美告訴我的。」

蘭花——？

「現在房間裡充滿蘭花香，來源就是這盤子。您在書裡提過，非常討厭蘭花的味道吧？」

蘭花的香氣。

是我最討厭的，父親的香氣。

「然而妳卻很平靜地吃下了，用這個沾染蘭花香氣的盤子。」

綠以烏樟木叉切下一塊羊羹。「水瓜羹」斷面的紅，好比從我心裡流出來的血色。

「爲什麼您沒發現蘭花的氣味，我實在想不出其他理由。君島芳乃女士，您喪失嗅覺了。」

我覺得自己好似墜入了深沉的黑暗當中。

＊

綠準備離開，我送她到玄關。

看著她嬌小的背影，我想起在「綠香」中用的證歌。

暗香悠然　心繫神往　落地凋零殘花　夏日舉目　僅見綠葉蔥蔥

懷想著那美麗綻放後凋落滿地的花朵。

因爲夏天只能見到綠色的茂盛葉片。

現在回想起來，從跟綠相見的瞬間，我就有一種不祥的預感。或許正因如此，這首歌才會在設計「綠香」時，從我的深層意識中浮現。花落頽然，附近只剩下茂密綠意。就像是被她奪走了一切的我。

「榊原小姐。」

聽到我的叫喚，正在穿鞋的綠轉過頭來。

「最後能不能讓我再聞聞那個味道。」

我指向包在報紙中的油塊。綠打開紙包，交給我。

我聞著味道。四十六年來，不知重複了多少次。

然而，油塊沒有傳來任何味道。

我將油塊還給綠，爲她打開玄關大門。這時，我不禁瞪大了眼睛。

「松浦小姐。」

保奈美站在門外。

她給了我同情的一瞥。我覺得很抱歉，低頭垂下目光。可是，保奈美那嚴厲的視線並不是針對我。

「我沒有拜託妳這麼做。」

保奈美瞪著綠。

「妳爲什麼要這樣？我找妳商量，就是不希望出現這個結果。」

「對不起。」

綠冷靜地回答。

「我就是這種人。」

保奈美的表情扭曲。

「早知道就不該拜託妳調查。」

保奈美忿忿說完，轉身離開。綠只是一直注視著她的背影。

我的人生中曾經只有香氣。

同樣地，這孩子可能也只有這個。調查眞相、揭露眞相，她可能只知道這種活法——

蟬聲從天而降，塡滿整個空間。本來以爲我早已習慣京都的夏天，此時卻覺得全身包裹在沉重的抑鬱當中。

但我依然相信，能遇見香氣是一件幸福的事。

開鎖的聲音——二〇〇九年・秋

1

我的雙手被綁在身後。

左右手的手腕各綁在一個皮製手環上，兩者由粗鐵鍊相連。稍一用力拉，綁在手腕上的平滑皮革就會嵌進肉裡。

無法扯斷鐵鍊。就算拆下手環，扣件仍被掛鎖鎖住，無法拆開。

我坐在椅子上。現場有許多雙眼睛盯著我。

觀眾看起來都是有錢的老人家。

大家都不安地盯著眼前這一幕，其中有些人明顯像是在欣賞一齣有趣的秀。我嚥了口唾沫。從來不曾一次接收這麼大量的好奇視線，感覺自己正在被公開處刑。

「現在不能動了吧？」

背後傳來低沉的聲音。

臉頰的右邊出現一個短錐般的器具。尖銳的不銹鋼前端，在我視野一角詭異地閃動。

「現在我要開始使用這個工具。」

盯著我的那些目光溫度略微上升，我不由得低下頭。連接手環的鐵鍊隨著我的動作叮噹作響。

「這是我為了今天準備的特殊道具，仔細看好了。」

器具在我視野一角被揮動，展現在觀眾眼前。

「那我要開始嘍。」

背後的空氣一陣躁動。

金屬的冰冷觸感有一瞬間掠過我被綁住的手背。尖銳的前端觸碰到手腕，有一點刺。

我頓時全身僵硬。

器具發出聲音。安靜的房間裡持續發出無機質的聲響。

「……沒錯，就像這樣。」

喞，開鎖聲響起。

「喔喔喔！」會場一片鼓譟。手腕的束縛被解開，重新開始循環的血液溫暖了我的指尖。

轉過頭，只見奧野先生拿著掛鎖在手上晃。

「各位，看懂了嗎？只要有專門的撬鎖工具，就能簡單打開掛鎖。這種鎖相當脆弱，對開鎖專家來說，跟擰開寶特瓶蓋沒什麼兩樣。各位家裡的門鎖如果沒有妥善戒備，就跟剛剛這種狀況差不多。許多人家裡雖然有門鎖，其實等於沒有——反過來說，毫無防備的房子到處都是，只要做好對策，闖空門的小偷就會對你家敬而遠之。肚子餓的時候，如果餐桌上放著現成的生魚片和一條活魚，應該沒有人會特地殺魚來吃吧？」

流暢的話術讓會場一片沸騰。我仰望那龐然身軀，輕輕瞪了他一眼。

「你說明這件事，有必要把我綁起來嗎？」

奧野先生像在安撫鬧脾氣的孩子，露出胸有成竹的笑容。

「演講需要一些亮點嘛。新人不要意見這麼多。」

「這鎖不行，最好馬上換掉。」

請把您家裡的鎖帶到講台來——講座的參加者回應奧野先生的呼籲，紛紛來到台前。

「這種叫喇叭鎖，是最容易撬開的鎖。我大概需要一分鐘，老練的小偷可能十五秒就打開了。建議您換成美和社的『U9』或者KABA公司的『KABA Star』之類，針對小偷撬鎖有特殊處理的門鎖。」

奧野先生指著播放投影片的螢幕，上面正顯示著標題爲「採取防犯對策之房屋的上視圖」的圖表。

「我再強調一次，小偷會避開有防盜措施的房子。換掉玄關的門鎖、在窗戶貼上防窺膜、鋪上防盜砂礫、把冷氣的室外機移到無法踩上攀爬到二樓的位置、設置感應燈或監視攝影機……防盜無止境，我們只能一件一件做好每項措施，來保護自己的家。」

我拿出數位相機，拍下奧野先生熟練解說的身影。這是我從高中就開始用的老相機，由於用起來很順手，直到現在還在用。

「小綠。」

濱中啓一先生來到我身邊。他是這場講座的主辦人，身穿優雅粗花呢西裝外套的長者。

「今天謝謝妳了，他很不錯呢。當初問妳眞是問對人了，能介紹這樣的人給我。」

「哪裡，只是剛好敝公司有適合的人選而已，我沒幫上什麼忙。」

「認識適合的人選，也是一種重要的能力啊。大家都很開心。小綠，眞的太謝謝妳了。」

濱中先生長年擔任我們越谷市的市議員，現在已退休，在當地企業和商店擔任顧問。他是我父親的朋友，跟我也是見了面會互相打招呼的交情。

「十月是防盜月吧？每年這個時期，都會針對地方上的老人家舉辦防盜講座。」

事情的開端是某天我們在路上巧遇時，他突然跟我商量起這件事。

「去年這附近的便利商店不是發生過大規模的卡片側錄事件嗎？當時我朋友被盜刷一百多萬圓。最近很流行『我啦我啦』詐欺，闖空門和搶劫的案子也都增加了。許多罪犯瞄準了我們這種社會上的弱者，眞是讓人心煩。小綠，妳不是開始當偵探了嗎？有沒有認識熟悉防盜措施的朋友，可以來當講師？」

卡片側錄事件當時也上了新聞，我還有印象。設置在便利商店的自動櫃員機插卡處被設置了側錄機，盜錄大量卡片資訊。

側錄的卡片資訊通常無法直接使用，還需要我們平時在自動櫃員機上輸入的密碼。這個事件最棘手的地方就在於犯人設置側錄機的同時，也裝設了微型攝影機，拍攝輸入密碼的手勢。因此成套的卡片資訊和密碼大量外流，造成嚴重的災情。濱中先生爲了防止這類最新型的犯罪，在十月時召集朋友，辦了一次講座。

我到父親開設的榊事務所上班已過一年半。

很久以前我就打定主意要當偵探，沒想到眞正確定要走上這條路時，父親極力反對。他似乎沒料到我是眞心想當偵探的。幾經爭執，最後在我著手準備開設個人事務所時父親才終於讓步，現在我成了榊事務所的員工。

在那之後，公司的規模持續擴大。原本只是自家兼辦公室的小公司，隨著員工的增加，今年將據點移到赤坂。看上去漫不經心的父親竟然有這種商業頭腦，人類眞的是一種難以理解的生物。

「這個人眞不錯。」

濱中先生看著講台上的奧野先生，這麼說道。

「不僅知識淵博，又能內化爲自成一格的體系。我最喜歡聽這種話題了。雖說他以前當過警察，但光靠工作可沒辦法培養出那種水準的素養。」

奧野先生原本是埼玉縣警的警官，退休後成爲偵探，跟我在差不多的時期進了榊事務所。提到奧野力，在縣警本部的生活安全部好像還小有名氣，據說他把防盜視爲終身職志。奧野先生進公司後，來諮商防盜的案件增加不少，業績正在順利成長。

今天我再次對奧野先生廣博的知識佩服不已。

講座前半段由其他講師介紹網路安全問題。「據說百分之九十的人會在多個網站上重複使用相同的密碼，萬萬不可。一定要設定不同的密碼，並且定期變更。」針對這番話，之後登場的奧野先生有不同的意見。

「不使用相同的密碼，這一點固然重要，但定期變更並不是好習慣。如果經常換密碼，人會直覺設定簡單的密碼，或者跟自己的生日、住址等個人資訊相關的數字。正確的做法應該是，針對不同網站設定複雜的密碼，不要變更，持續使用。」

那名講師雖然提出反駁，不過奧野先生持續引用論文、書籍、官方發行的文書等，駁倒了專業的講師。

演講結束後，奧野先生走向我。「眞是太精彩了。」濱中先生張開雙臂，熱烈歡迎他。

「我會定期舉辦這樣的講座，請您務必再來。我也想讓今日沒能參加的朋友，聽聽您的演講。」

「哪裡、哪裡，眞是謝謝您。」

我也向奧野先生低頭致意：

「當初邀奧野先生幫忙眞是邀對了，下次讓我請您吃飯吧。」

「不用這麼客氣，而且怎麼能讓年輕人請我呢。」

「快別這麼說，我一直很想跟奧野先生吃頓飯。那就這麼說定嘍。」

奧野先生微笑著答應了。

旁人或許看不出來，但我從他的笑意中察覺了微妙的抗拒。

我無法告訴濱中先生，自己跟他處於一種微妙的緊張關係中。

2

「其實，我遇到了跟蹤狂。」

結束講座回到赤坂的辦公室，立刻來了一位沒有預約的委託人。是自稱笠井滿，身材肥胖的男性。委託書上寫著他今年三十三歲，但他的皮膚呈現不健康的暗沉，看起來比實際年齡更老。身上穿的法蘭絨襯衫也有點緊，尺寸不太合。

「跟蹤狂，這問題可嚴重了。請說說詳細情形吧。」

隔著會議室的桌子，滿跟我們面對面坐著。經過隔音處理的房間，將奧野先生的聲音吸收得乾乾淨淨。

這三個月來，我和奧野先生組成搭檔。在公司裡我們是同事，但前任警官和大學剛畢業兩年的菜鳥，這麼倒性的資歷差距，自然而然地讓我們成爲類似上司和部下的關係。

「跟蹤我的就是這個人。」

滿將一張照片推到我們面前。

這是一張女性的半身照。女人臉蛋小巧，鮑伯短髮染成亮麗的顏色往外翹，看起來很時尚，算是個美女。年齡跟我差不多，約莫是二十五歲吧。

「她叫赤田眞美。這傢伙一直在騷擾我。」

「原來如此。您跟這位赤田小姐是什麼關係？」

「她是我的前女友。去年我們同居過一個月左右。」

如果是剛進公司不久的我，一定會爲這麼不相配的情侶感到驚訝吧，但現在我不會這麼想。男女之間的蹺蹺板，會以許多方式來取得平衡。

「其實我小有家產。」

比方說，錢財。

「眞美知道我有錢，才來接近我的。我身邊偶爾會有這種女人。我發現之後馬上趕她走……但她緊纏著我不放。」

滿對我們說明的內容大致是這樣的。

眞美和滿在共同朋友聚辦的交友派對上認識。那場派對大概有二十人參加，當時是眞美主動搭話。

滿在父親開的投資顧問公司工作，繼承的家產本來就相當豐厚，再加上工作表現優異，屬於高薪一族。約莫是對他的身家感興趣，眞美展開熱烈的追求。滿也不討厭她，兩人便開始交往，三個月後同居。可是，蜜月期只維持了一個月。

「一跟我同居，眞美馬上辭掉工作。」

滿忿忿說道。

「本來以爲她只是覺得自己釣到金龜婿，想寄生在我身上。沒想到那女人待在我家不走，還跟我要錢。不光是這樣，她不做家事、不煮飯，總之她什麼都不幹，就只是賴在我家。」

「這……眞是難爲您了啊。」

「眞美愈來愈過分。她會看我的手機，擅自拿出我收好的存摺，甚至翻我的皮夾、拿走提款卡……我們每次都會因此吵架，但她就是不改，於是我決定分手。她懷恨在心，死纏著我。眞是太荒謬了，難道她以爲這樣我們就會復合嗎？」

「她纏著你，具體來說做了什麼事呢？」

「很多啊。比方說，站在路邊一直盯著我家。」

「您是住公寓，還是獨棟房屋？」

「獨棟房屋。」

「眞美小姐站在路邊看著你家——確定是眞美小姐沒錯吧？」

「當時是晚上，我不敢肯定，可是看起來身高差不多，之後又持續了好幾天。除了眞美，不可能是別人啊。」

「她還做了什麼？」

「她偷看我的信箱，亂翻我的郵件，大概三次左右吧……說不定有東西被偷拿走了。」

「你們有沒有實際的接觸？比方說，她去你的公司，或者埋伏在你回家的路上？」

「目前沒有。」

我偏頭感到不解。

眞美可能是爲了錢才和滿交往，但跟蹤狂事件眞的與她有關嗎？總覺得沒有任何確實的證據。奧野先生似乎也跟我有同樣的疑問。

「笠井先生，冒昧請教，您可別生氣。跟蹤您的眞的是赤田眞美小姐嗎？」

「是眞美沒錯，我想不到還有誰會做這種事。」

「人很有可能在不自覺的狀況下招來怨恨。如果對方沒有跟您實際接觸，要不要再觀察一陣子？假如委託徵信社調查，得花不少錢。而且根據三年前公布的《偵探業法》規定，我們不能任意進行不合理的調查，造成對方的困擾。」

奧野先生這番話聽起來像是在對滿說，其實有一半是說給我聽的。每句話都尖銳地刺向我。

「不，我有確切的證據。」

滿篤定地說。

「兩週前，她對我的自行車做了奇怪的惡作劇。」

「奇怪的惡作劇？」

「對，除了眞美以外，絕對不可能會有人做這種事。」

他充滿自信的語氣吸引了我的注意。

滿探出上半身，說起事情的經過，聽來確實很奇怪。

3

第一天的調查我先獨自進行。

滿口中的所謂遭到「奇怪惡作劇」的自行車停車場，就位在我家附近的越谷車站。雖然停車場在車站的另一邊，不過看來滿和我的住處離車站都差不多遠。

這裡的自行車停車場，是在特定區域中設置自行車停車架的形式，並非公營，而是由民間公司來營運。在網路上搜尋後，查到網站上寫著可以停一百輛自行車。

現在是早上七點。自行車停車場入口有間小小的管理員室，但目前沒有人在。我想仔細確認現場狀況，一大早就來了。

自行車停車架上有編號。這裡只接受一整個月的契約，不開放計時租借。入口貼著「月租用戶募集中」，看來還有空位。

我站在標號爲「36」的停車架前，拿起數位相機拍照。這是滿簽約的停車架號碼。

「那天下班後，我前往自行車停車場，卻沒看到我的自行車。」

兩週前，滿早上將自行車停在停車場，便去上班。當天他加班，回到越谷已是晚上九點多。在昏暗的燈光下，他走向「36」號停車架，自行車卻不見蹤影。

（我一看就知道被人下手了。我這輛是BIANCHI的新款越野公路車，可以賣到很好的價錢。但後來發現並不是，我的自行車被移到其他的停車架了。）

我又走到「99」號停車架前拍照。這裡位於自行車停車場的角落，當天滿的自行車不知爲何被移動到這裡。

（其實就是惡作劇吧，非常惡劣。我明明上了鎖，鎖卻不見了，前輪和後輪還被錐子之類的東西戳爆了。）

（您用的是哪一種鎖？）

（轉盤密碼式的鋼纜鎖。那怎麼可能弄壞呢？我可是請自行車店家幫我挑了最堅固的一種。）

說著，滿將藍色塑膠碎片放在桌上。這是包覆在鋼纜鎖外的聚氯乙烯素材碎片，聽說就掉在「36」號停車架旁。

（那種東西在專家眼裡，其實跟纏著繩子沒什麼兩樣。）

滿回去之後，奧野先生這麼告訴我。轉盤密碼式鋼纜鎖用鋼絲剪瞬間就能剪斷，用百圓商店買來的剪斷鉗努力一點也能剪斷。

奧野先生說過，沒有無法剪斷的鎖。即使是堅固的U型鎖和鐵鍊鎖，依然有方法能剪斷，總之，想遠離竊盜犯沒有捷徑，只能盡量將車停在不顯眼的地方、加上多重鎖、與停車架或電線桿鎖在一起，運用各種方法來減低風險。

不過，滿的自行車並沒有被偷。

犯人雖然剪斷了鋼纜鎖，不知爲何，沒有帶走越野公路車，只是移到其他停車架，戳破了車輪而已。明明解開了很有轉賣價值的自行車，爲什麼不帶走呢？

於是，滿想到了赤田眞美。

（眞美知道我很喜歡這輛車。這件事就是她在刷存在感。她一定以爲對我重要的東西惡作劇，我一怒之下會跟她聯絡。）

如果這眞是跟蹤狂的所作所爲，確實說得通。

損壞跟蹤對象心愛的物品、騷擾對方，同時也藉此讓對方知道這些犯行背後有自己的存在。故意惹怒對方、製造兩人之間的連結，是跟蹤狂常見的傾向。

不過前提是，眞美眞的是跟蹤狂。現在我們還沒有任何證據。

「……喂，妳在幹什麼？」

突然傳來一聲喝斥。

轉過頭，只見一個老人帶著狐疑的表情站在我身後。

看來應該是自行車停車場的管理員。一名陌生女子在自行車停車場的角落沉思，讓他起了疑心。

「啊，不好意思。您好……」我一邊回答，一邊想該怎麼應付過去。

「其實我是從事這一行……」

我拿出榊事務所的名片，遞給管理員。我總共有七種名片，記者、大企業、只寫了名字的名片等等。名片的使用方法，也是偵探的技巧之一。根據拿出的名片類型，能從對方身上挖出的資訊完全不同。雖然經常做出錯誤的選擇，但這次我有些把握，便表明了自己的身分。

「調查業……偵探嗎？」

「是的，沒錯。」

「喔，妳這種年輕女孩也會當偵探啊……來這裡有什麼事嗎？最好不要惹什麼麻煩啊。」

「其實我在找人……」

面對心懷警戒的人——尤其是肩負組織任務的人，即使直接詢問，也不可能問出有用的資訊。這時候最重要的就是減少跟對方交談。

「您認識這個人嗎？」

我忽然拿出笠井滿的照片。

「您應該看過吧？他是這邊的月租用戶，姓笠井。」

「……這麼突然?妳未免太冒失了吧。」

如同我的預期，管理人有些措手不及。他盯著照片，視線慢慢移向左上方。

我隨即拿出另一張照片。

「那麼，這個人呢?這個人應該也是你們的客戶。」

這是赤田眞美的照片。管理員猶疑片刻，嘖了一聲，轉身走向管理員室，大概是去聯絡警察或保全公司。「抱歉，我先走了。」我快步離開現場，他朝著我的背後大喊：「喂!等一下。」管理員的呼喚聲從身後傳來，我加快腳步，甩開他的聲音。

我的目的已達成。

身爲管理員，不可能把顧客的資訊告訴外人，所以我用了一些技巧。

起初，先讓管理員看他一定認識的人的照片，觀察他的反應。看到笠井滿的照片時，他僵了一下，彷彿在搜索記憶，微微望向左上方。這是他看到認識的人時會有的習慣性小動作。

接著，我讓他看了赤田眞美的照片。

管理員停頓一會，也往左上方看了一下。跟看到滿的照片時是一樣的反應。

管理員認識赤田眞美。

他在自行車停車場看過眞美。

4

赤田眞美，二十六歲。

大學時期就在酒店工作，畢業後繼續在燈紅酒綠的世界工作了一陣子。一年三個月前，開始跟笠井滿交往，交往三個月後同居，她辭去酒店的工作，但同居一個月後就分手了。現下她在澀谷的服裝店打工。

「話說回來，她眞的很搶眼耶。」

我和奧野先生在熱鬧擁擠的澀谷中央街上，維持十公尺的距離尾隨著眞美。

實際看到眞美之後，發現她比照片上更美，媲美模特兒。

牛仔襯衫搭荷葉邊迷你裙，綁著圓點緞帶的平頂草帽。走在流行尖端的服飾，穿在眞美的身上更加亮眼。滿街低調的秋裝人潮中，眞美瀟灑的身影格外引人注目。

離開自行車停車場後，我來到澀谷跟奧野先生會合。

我們決定先去看看眞美，於是前往她上午工作的店面。滿從他們共同的朋友口中問出眞美現在工作的這家店。這是主打少女到輕熟女客層的服裝店，眞美負責接待客人。可能是晚上在酒店工作受的訓練，在遠處也看得出她待客的態度很好，非常擅長與人相處。

現在是午休時間，我們尾隨著離開店面外出的她。

「我查了這家店的徵人廣告，時薪一千三百圓。雖然不清楚她在酒店的收入，可是憑她的外貌條件，收入應該不差。這裡的薪水只有之前的三分之一吧。」

「當酒店小姐能不能賺錢，不是光靠外表決定的，不過她看起來的確滿受歡迎。」

「跟笠井滿分手後，眞美爲什麼沒有重回酒店呢？一旦嘗過比較好的生活，人往往很難再降低標準。」

「可能她原本就不喜歡那份工作吧，離開之後心情上不想再回去。或許她是先找個能賺錢維持眼前生活的工作，一邊爲下一步做準備吧。」

「找下一個男人嗎？」

「我是不覺得有這麼容易找到啦。」

「也就是說，她確實有想跟笠井滿復合的動機？」

「如果從缺錢這一點來看，確實沒錯。」

聽說眞美對滿的存摺和提款卡都表現得很感興趣。如果沒有一個月就分手，兩人之間會如何發展呢？滿的存款會被眞美榨乾嗎？難道眞美現在對這件事還沒有死心？

不斷追逐著從縫隙中透出的光，終於追到沒有退路的地步。成爲偵探的這一年半以來，我看過許多沉迷於外遇或賭博，招致毀滅的老套故事。即使身在熱鬧歡騰的澀谷中央街，褪下表面的虛飾，或許也可以看到很多類似的故事吧。

眞美的身影消失在人群中。

她進了路邊的三明治店。那是五百圓就能吃頓午餐的連鎖速食店。

我走進旁邊的便利商店，買了飯糰和蔬果汁。能吃的時候就吃，這是偵探的鐵則。走出店外，只見奧野先生站在附近派出所的正前方，監視著三明治店。能夠立刻搶佔到這種位置，也是奧野先生的高明之處。路上行人對於站在派出所前的人多半不會懷有戒心。

我把午餐交給他，一塊吃了起來。眞美坐在靠窗座位，邊玩手機邊啃三明治。大概是上午的工作太累了，她的臉上浮現明顯的疲憊之色。

——她是個怎樣的人呢？

年輕時走進花花世界，可能是爲了錢而接近笠井滿。兩人分手後，她踏實工作，卻又被懷疑是跟蹤狂。健康美貌的背後，有一座名爲「赤田眞美」的控制中心。她的「人性」是什麼樣子、有著什麼迴路？

我非常好奇。這就是偵探這一行最有意思的部分。

「……綠，妳又亂來了吧。」

奧野先生突然開口。他的語氣非常正經，彷彿等開口的機會等很久了。

「亂來?你是指什麼?」

「剛剛公司接到電話，對方說今天早上有個叫榊原的女人擅闖私有地硬是不走，詢問是不是我們公司的員工。」

被自行車停車場的管理員告狀了。給對方名片時我想過對方可能會向公司投訴，但沒料到他動作這麼快。看來，他比我想像中生氣。

「爲什麼老是這樣自作主張?」

奧野先生說話時視線沒有離開眞美的身上。我望著相同的方向，答道：

「也沒有啦，今天早上還不到『擅闖私有地硬是不走』的程度吧。我只是比較冒失地問了一些話而已……」

「去年八月妳偷偷潛進調查對象家中的院子，隔著房屋外牆竊聽。這已觸犯刑法一三〇條『侵入住宅或建造物罪』，如果被人發現報警，妳會被逮捕，公司也得接受行政處分。」

「那是因爲、因爲……我實在找不到線索，只剩下那個方法了。以後不會再犯了啦。」

「兩個月後，妳在調查離家少女失蹤案件時，擅自進入潛伏地點，剛好撞見窩藏女孩的男人。那個男人吸新型毒品spice吸得正嗨，妳差點就被精神錯亂的男人手上那把刀子刺傷。」

「喔，那時候確實有點追過頭了。我有在反省啦，哈哈……」

「再這樣下去，妳會送命的。」

奧野先生把話說得很重。

「妳這個人太奇怪，對危機的感知根本壞掉了。」

「唔……眞是不好意思，讓你擔心了。」

「警察裡偶爾也會有像妳這種人。想當警察的理由是可以體驗到非日常——能待在令人心跳加速的案件現場。其中有些人之後會乖乖適應工作，但有些人硬闖危險的現場，再也回不來。再這樣下去，妳會成爲其中之一。」

「我可不想死，我希望能長命百歲。」

「那就別再胡來了。人要死很容易。只是，到時受苦的不是死掉的當事人，而是身邊的人。」

那些招致毀滅的老套故事，不見得是別人的故事。

奧野先生沒再說話。他似乎默默等著我的回答。

有人願意這樣告誡自己，是很幸福的事。

公司裡不少人看我不順眼。畢業於不錯的大學的社長千金，玩票性質地進了公司，想幹什麼就幹什麼——就算有人這樣看待我，我也無話可說。現在的我應該謙虛待人、別搶風頭，要像個新人，默默完成工作，贏得大家的信任。這些我都知道。

忽然間，我想起兩年前在京都進行的那次調查。

一旦揭露眞相，我會失去朋友，嚴重傷害一個女人——明知如此，我仍無法停手。

——這樣的天性，有可能後天矯正嗎？

最近我偶爾會思考這件事。我想窺探潛藏在人心深處的東西。別人愈想隱瞞，我愈忍不住想揭露。看來，我天生就有這種麻煩的性格。

問題在於，我能不能改。我們能叫蛾不要飛向有光的地方嗎？假如眞能修正，這種生物還能稱爲蛾嗎？

我感覺到包包裡數位相機的存在。

我拍過各式各樣的照片。我曾經數次將鏡頭朝向世界的裂縫，捕捉轉瞬即逝的「人性」樣貌。這台相機就等於是我。在暗處以無機質的視線凝視目標對象，就是我這個人的本質。

像我這種偵探，最好別待在組織裡。我覺得自己應該快點獨立開業，以個人的身分工作。榊事務所逐漸成長爲業界頂尖的公司。身爲女兒，我不能讓父親丟臉。

「妳怎麼想？」

結。

奧野先生繼續逼問。之前奧野先生給了我好幾次忠告，看來他打算今天一定要做個了

然而，我無法說謊。

「那奧野先生幫幫我吧。」我妥協般擠出笑臉。

「我會努力試著改變自己，但這不是一天兩天就能辦到的。我可能還是會忍不住跑去危險的現場。」

「我講的話妳眞的有聽進去嗎？這不是忍不忍得住的問題。」

「我會以改掉這些毛病爲目標，持續努力。所以，如果我現在做出危險的舉動，你能不能阻止我、幫幫我？我相信奧野先生。」

「妳眞是……到底有沒有認眞思考我講的話？」

「我是認眞的啊。因爲認眞想過，才會這樣回答。」

奧野先生嘆了口氣，似乎拿我沒辦法。

「我考慮考慮。總之，該說的我都說了啊。」

此時，眞美正要走出店外。

我們沒有事先說好，卻很有默契地再次跟在她的身後。

5

晚上，我一個人繼續尾隨眞美。

我換穿深色襯衫和長褲，戴著無鏡片眼鏡，把放下的頭髮綁成髮髻。

眞美現下住在埼玉縣的草加。從澀谷站搭半藏門線在草加站下車，繼續跟蹤她。她好像沒發現我。越谷就在草加隔壁。如果眞美要跟蹤滿，這個地點確實挺方便的。

奧野先生現在應該去了眞美以前工作過的酒店。他負責調查眞美過去的經歷，我負責找出她現在的住處，兵分兩路。

不知不覺中進入了住宅區，時間是晚上八點。她沒有繞去其他地方，似乎打算直接回家。

最後眞美走進一棟木造公寓。這棟雙層建築一看就十分老舊，對獨居女性來說相當簡陋。我打開手機在租屋網站上查看，這棟公寓屋齡三十五年，房租四萬圓。相較於跟滿同居的時候，生活水準果然掉了不少。

「酒店相關的調查結束了。」

奧野先生剛好在這時傳來訊息。

「這一年來員工流動率很高，我找到幾個認識眞美的人並跟他們聊過。大家都不太喜歡她。聽說爲了爭取客人的指名，她積極地讓客戶觸碰自己的身體，還會搶其他小姐的客人。業務手腕很極端，也有不少人說她愛錢。」

酒店方面會根據被指名的數量累積點數，收入也會隨之提高。但聽說酒店小姐藉由跟客人的親密接觸爭取指名，可能會導致店裡的治安惡化，並不是受歡迎的手法。搶其他小姐的客人更是大忌。

我想起眞美白天的工作態度。她的態度親切，但跟客人之間的距離似乎過近。大概是在酒店工作時的策略，養成習慣了吧。我在心中將她這種微妙扭曲的距離感，和跟蹤狂行爲對照比較。

抬起頭，只見眞美住處的燈已暗下。經過一整天的勞動，她看起來很疲憊，可能馬上睡著了吧。

仔細想想，這是我第一次調查跟蹤狂的案子。提供跟蹤狂對策，確實是榊事務所的主要業務之一，但這種案件通常不會分配給我。

——赤田眞美是怎樣的人？

奧野先生才給過我忠告，但我的壞習慣又跑出來了。做出跟蹤行爲的人，會是怎樣的人？我忍不住好奇。

這麼一來，我再也抑制不住自己。

環顧周圍，確認附近沒有人後，我走近木造公寓，慢慢打開大門，進入公寓。木造公寓入口設有集合式信箱。眞美的住處在一樓最後面，應該是「104」。探頭一看，信箱似乎沒怎麼整理，塞滿了傳單和信件。

我看見一只寫著「特別催告」的粉紅色信封。

寄件者是日本年金機構。她大概沒繳國民年金。年金的催告會依照緊急程度改變顏色，粉紅色是扣押財產之前寄送的通知。

看來眞美的生活眞的很困窘。

顯眼的粉紅色中，我彷彿看見了眞美的「人性」。在酒店不惜強勢營業也要賺錢；跟滿同居後辭掉工作，兩人的生活卻轉眼破滅。她無法回到原本的世界，表面上身處華麗的時尚世界，但爲了跟滿復合——或是爲了向滿復仇——開始糾纏他。

這行動原理頗爲荒唐，可是從這郵箱看來，似乎不無可能。滿溢的郵件彷彿象徵著赤田眞美內在的混沌。

我在包包裡翻找，打算把郵件都抽出來，一一拍照。指尖碰到數位相機的瞬間——

「妳在幹麼？」

突然有人對我說話。

抬起頭，只見換穿家居服的眞美就站在我眼前。

「妳好。」我立刻調整自己的表情。

「我在拿信箱裡的郵件啊。」

「那是我家的信箱吧？爲什麼偷看我的信箱？」

「啊？喔……妳是104的房客嗎？妳誤會了，我要開的是這個信箱。」

我指著104下面的204信箱。

我露出微笑，試圖讓她放心。不管是神情、語氣、用字，都無懈可擊地自然。但眞美並沒有卸下懷疑的表情。

「妳白天也在吧？」

眞美的話讓我嚇了一跳。

「妳到我工作的店門前，一直盯著我，還跟蹤我去吃午餐。對了，白天妳頭髮是放下來的吧？」

我感到自己的信心應聲崩塌。原本以爲今天的埋伏很成功，沒想到卻被同年代的一般女性識破，讓我更加震驚。

「妳是徵信社的人吧？委託人是笠井滿嗎？」

「妳在說什麼，誰是笠井？」

「不用在我面前裝傻，回去告訴那傢伙：本小姐不可能跟蹤你！」

「請等一等，這話是什麼意思？」

情況不太對勁。

「妳是第三個人了。」眞美嘆氣。

「反正一定是笠井又遇到什麼事了吧？那個人只要出了問題就斷定是我搞的鬼，硬要說我是跟蹤狂。第一次是他的包包不見，第二次好像是找不到手機吧？每次都說是我潛進他家偷的，還找了偵探來。拜託，別再鬧了好嗎？」

從她的語氣中，感受得到她發自內心的不耐。

「所以笠井還在說那一套故事嗎？說我看上他的錢……？如果不方便透露委託人的事，妳不說也無所謂。我原本就不是爲了錢，只是單純喜歡上笠井才跟他交往。不過我現在非常討厭他，剛剛那句話請不用告訴他。」

看著滔滔不絕的眞美，我心想，有必要修正一下對她的評價。她跟我事先想像的，完全是不一樣的類型。

「我知道了。我承認，笠井先生確實是我的客戶。」

我下定決心坦白。我覺得應該問清楚她和滿之間的事。

「但他告訴我，同居期間妳曾經偷看他的皮夾和提款卡……」

「我才沒有。我只是替他把掉在地上的皮夾或卡片撿起來，放回原處而已。」

「他說妳會看他的手機和存摺，也是一樣的狀況？」

「對。笠井很不會整理東西。我明明在幫他整理，他卻一副被害者的樣子，大驚小怪，搞得雞飛狗跳……這樣感情怎麼維持得下去？」

「他還說妳辭了工作，又跟他要錢。」

「等等，我去買兩人共用的東西，要他出一半的錢很合理吧？我辭職是因爲想換工作。我完全沒想過要他養我。」

眞美焦躁地從信箱裡抽出那只粉紅色信封。

「這種東西我老是忘記去繳。我沒有經濟上的問題。該繳的錢我都有繳，少瞧不起人。」

「不，我沒有這樣想。」

「我正在學習，希望能開一家自己的店。」

眞美回頭望向那棟簡樸的木造公寓。

「我好不容易把很多事情處理完，終於能開始做自己想做的事，沒有閒工夫跟笠井糾纏。請妳告訴他，不要再來找我麻煩了。」

「自己的店，是指服裝店嗎？」

「這跟妳有什麼關係?」

我不知道她口中的「很多事情」是指什麼,可能是指助學貸款的還款吧。最近有很多女大學生爲了賺學費到酒店或特種行業工作,成爲受到重視的社會問題。

看來赤田眞美是個很了不起的人。

許多人外表看起來人模人樣,其實內心爛到骨子裡,但也有像她這樣的人。剝開表皮後,她藏在裡面的「人性」認眞又踏實,擁有靠自己的力量開拓人生的強烈意志。

「我知道了。多有打擾,眞的很抱歉。」

我誠摯地低頭行禮。

調查就這樣結束了。結果令人意外,但我知道眞美並不是跟蹤狂,接下來只要向滿報告就行了。

然而,事情並沒有結束。一週後,事態急轉直下。

6

「這家公司的人都是騙子嗎!」

辦公室裡響起一陣怒罵聲，這時我正在後面整理資料。員工紛紛聚集到入口。人群圍著的那個人是笠井滿。「喂！」一看到我，他立刻高聲叫喚。

「榊原，妳這個混蛋！竟敢用假調查騙我那麼多錢！」

我非常驚訝，他彷彿完全變了個人。向他報告眞美並不是跟蹤狂時，他表現得還挺老實的。

聚集過來的員工都紛紛打量著我。有些人完全出於好奇心，有些人露出責怪我引來麻煩事的目光。不管怎樣，每一雙眼睛想說的話都一樣——妳得負起責任處理好。

「怎麼了嗎？」

這時，奧野先生來到我的身邊。「奧野！」滿提高音量，但奧野先生面不改色。他撥開其他員工走向滿，我跟在他的身後。

「笠井先生，發生什麼事了嗎？您這樣大聲吵鬧我們會很爲難，大家都還在工作。」

「別一副高高在上的樣子。工作？你們的工作根本只是半調子吧！」

「我聽不下去了。我們的調查結果並沒有什麼問題。」

「赤田眞美就是跟蹤狂！」

他像個發脾氣的孩子般叫鬧，神情卻顯得非常迫切。

「什麼意思？赤田小姐沒有跟蹤行爲，這件事我們已確實調查清楚，也告訴過您結果了啊……」

「你們的調查根本不確實！我有證據！」

「證據？」

「我的錢又被偷了！除了她還會有誰幹這種事！」

滿的聲音愈來愈大，幾乎沒有極限。我忍不住想，一個人要怎樣才能發出這麼大的聲音？

「第一次是他的包包不見，第二次好像是找不到手機吧？每次都說是我潛進他家偷的……」

我想起眞美的話。

在那之後，我查了關於眞美的資料，得知她成功償還了高額助學貸款，並得知她從高中就對時尚感興趣。最重要的是，眞美已有新男友。她百分之百不可能是跟蹤狂。難道這次滿也認爲自己錢會不見是眞美的錯？

「笠井先生，我們到裡面去吧。先喝杯茶，冷靜一下——」

奧野先生才剛伸出手，周圍的員工就紛紛發出尖叫。

滿的手裡握著一把美工刀。

刀刃染上了薄薄一層紅色。奧野先生伸出的手忽然被劃了一刀。

我看得瞠目結舌。

滿握住美工刀的手不停顫抖，臉上已失去血色。看來他對自己的暴力行爲也感到不知所措，無從反應。剝除他強勢的表皮，袒露出來的是怯懦又纖細的本性。

但更吸引我目光的是奧野先生。

他一如往常的溫和表情下，彷彿是一處深淵。瞪向滿的銳利目光中不帶一絲情感，像個冷酷的殺人犯。

我不由得畏縮。原來奧野先生還有這一面……

「抓住他！」

幾個年輕男員工從滿身後跳出來，將他制服在地。美工刀被打飛，在地面滑行。「放開我！你們這群騙子！」滿像是又忽然想起，再次開始大鬧，但這一切看上去都只像是拙劣的演技。

奧野先生舔舔被割傷的手背，撿起美工刀。他用手帕擦了擦刀刃後，將刀刃收起。

「搞不好現在我已經死了。」

「啊？」

「如果這傢伙手上拿的是殺傷力高的菜刀或藍波刀，我可能早就沒命了。眞是死裡逃生了啊。」

「是、是嗎……」

「幹偵探這行，永遠都會面臨危險，根本不需要主動去尋找。妳記清楚了。」

剛剛的深淵已看不見。奧野先生又恢復成平時溫柔的表情。

7

清晨六點，我走在越谷的街道上。

眼前有一個問題還沒解決。

滿覺得眞美在跟蹤他，是滿先入爲主的成見。這一點不會有錯。

如果是這樣——自行車停車場發生的事，該怎麼解釋？

滿上門興師問罪之後，我想起這次調查之初，自行車停車場發生的奇怪事件，不禁心生好奇。

我又來到一週前拜訪過的自行車停車場。這次比上次早了一小時，我想應該沒問題，不過還是確認了一下管理員室裡有沒有人。

我站在滿停放自行車的「36」號停車架前。

犯案時間應該是在晚上。早上滿把自行車停在這裡，鎖好之後去上班。晚上九點多回來時，發現被惡作劇。假如管理員離開的時間是傍晚六點，那犯案時間應該是這中間的三小時。

我看著空無一物的停車架，想像自行車停在這裡的樣子。

車子用的是轉盤密碼式的鋼纜鎖。奧野先生說，這脆弱的程度跟纏著一根繩子沒什麼兩樣。我在想像中剪斷了鋼纜鎖。

握著越野公路車的手把，移動到「99」號停車架。要移動到自行車停車場的角落，距離比想像中長。我測了一下時間，大概要十秒左右。雖然是晚上，也並非完全沒有人經過。我試著想像不知道會不會有誰經過的十秒，覺得十分漫長。

用錐子刺穿輪胎，造成爆胎。自行車的輪胎很硬，要刺穿得用相當大的力氣。一次就刺穿可能不容易。我在想像中狠狠地刺向前輪和後輪好幾次。

接著離開自行車停車場。

光是想像這些動作，就覺得是出乎意料的粗重勞動。要準備的工具不少，工序又多，被抓到的風險也很高。犯案的時間更是微妙。爲什麼不選擇晚一點的時間？

這眞的只是單純的惡作劇嗎？

確實有人會爲了紓壓到處找自行車惡作劇，也有破壞自行車、盜賣車體的竊盜犯。

但這個犯人不屬於任何一種。犯行當中，有著不符邏輯的疙瘩。那到底是什麼？

「放開我！你們這群騙子！」

滿來到事務所大鬧後，被警察逮捕，現下在拘留所。我很想問他生氣的理由，可是無法當面問。如果能知道他眞正的想法，自行車停車場的問題應該也會有進展，但……

這時，有人拍了拍我的肩膀。

「抓到妳了。」

轉過頭一看，是管理員。

現在才六點半，竟然這麼早來，眞是出乎意料。管理員笑了起來，似乎已想好對策，他抓住我的肩膀。自從上次發生糾紛之後，他可能天天早起等著我上門吧。

「這裡是私有地，我上次說過，禁止妳進來。」

「你說過嗎？我不記得了……」

「對了，我打電話去你們公司，還留了錄音。」

管理員加強手上的力道。雖說是個老人，畢竟是男性，我被捏得很痛。

「好痛，請放手。」

「這種時候我是可以抓妳的。這叫私人逮捕，沒聽過嗎？」

「私人逮捕太過火，反而會吃上逮捕罪或施暴罪。只是因爲有人待在自行車停車場就抓住對方的肩膀，這種情況我認爲應該是你會被逮捕。」

「閉嘴！誰對誰錯就交給警察判斷吧。」

管理員抓著我的肩膀，想將我帶到管理員室。肩膀被抓著，一陣劇烈刺痛。沒想到會演變成這種局面。我不覺得自己會被逮捕，但警察裡有很多討厭偵探的人，警察一來，我可能會被要求配合，一起去派出所。

又要給公司添麻煩了。這比肉體上的痛苦更教我難受。擅自繼續進行早已結束的調查，還搞到出動警察，奧野先生知道了一定會很失望。這回他可能眞的要對我死心了。

「等一下。」

這時，自行車停車場入口傳來一道聲音。

管理員瞥了那邊一眼。一個人影站在入口處。

「放開她，她沒做什麼壞事吧。」

「你是什麼東西？」

「『什麼東西』？不要對女性施暴，你都把她弄痛了。」

「她的事不用你管。而且你算老幾？突然跑出來湊什麼熱鬧！」

那個人不以爲意地微笑。

「我叫濱中啓一，是本市的市議員，已連任五次。」

趕上了。

昨天晚上我聯絡了濱中先生。他在地方上人脈廣，我請他到自行車停車場來，萬一我被管理員發現，請他幫忙處理——他二話不說就答應了。我沒想到管理員上班的時間這麼早，眞是失策。

「市議員？我可沒聽過。」管理員依然沒有退縮。

「我不知道你有多了不起，但不要妨礙我。是這女人先闖進禁止進入的地方。」

「她只是待在自行車停車場吧？算什麼壞事嗎？」

「這裡又不是公園。隨便闖進別人家院子，當然是壞事。」

「就算是這樣，也跟你沒關係吧。如果這裡是人家家裡的院子，你又不是屋主。」

「你也不是啊。我受主人之託，負責管理這裡。」

「你說的主人，是堀江健吧？」

管理員正要反駁，卻忽然安靜下來。

「阿健是我的老朋友，他的正義感很強。聽說自行車停車場發生了奇怪的事件，阿健表示務必請她來仔細調查一番，查出眞相。這裡可是他家的院子。主人都允許了，你還要把這個人交給警察嗎？」

「這、這我……」

「如果你堅持，那請自便。我會告訴阿健，你違背老闆的意思。另外，我跟越谷警署的署長也是老交情了。到時我會親自去拜訪他，說明事情經過。」

口吻雖然客氣，但確實掐住了對方最害怕的幾個穴道。管理員眼中浮現恐懼的神色。

這時，濱中先生換上溫和的笑容。

「我想大家只是有一點小誤會，情緒太激動了，對吧？」

「啊？這……嗯……」

「這個人只是來調查為什麼會發生自行車的惡作劇事件，不會妨礙你的業務或者其他客人。你也只是想善盡管理員的職責。彼此都想貫徹自己的正義，卻沒有多餘的時間好好溝通，才會起衝突。這種事難免會發生，誰都沒有錯。」

「這……話是沒錯啦。」

「對，一切都是誤會。我也拜託你了，她不會干擾你的工作，能不能就讓她繼續調查呢？」

說著，濱中先生輕拍管理員的肩膀。那頑固的心似乎漸漸軟化。

這就是老練政治家的手腕，我看得目瞪口呆。我無法像他那樣，自然地將對方誘導到對自己有利的結局。明明在威脅對方接受自己的要求，對方卻一點也不會這麼想。管理員一定覺得，這都是出於自己的選擇吧。

「既然你都這麼說了，那好吧。」

濱中先生看看我，露出少年般的笑容：「怎麼樣，我也挺有兩下子的吧？」

8

我本來以爲鋼絲剪是更大的工具，沒想到跟老虎鉗差不多。跟老虎鉗不同的是，夾持部分不是平坦的，而是銳利的刀刃。

我拿著鋼絲剪，用前端夾住轉盤密碼鎖的鋼纜，然後就這樣緊握著，一點一點地剪鋼纜，不過沒能完全剪斷。

「好痛啊……」

我努力了一番，還是沒能剪斷。「眞沒用。」奥野先生從我手中拿過鋼絲剪，「啪！」鋼纜應聲剪斷。

「綠，妳的握力是多少？」

「不記得了……大概十六公斤左右吧……」

「這是小孩子的握力吧，最好鍛鍊一下。握力太弱，死亡的風險會提高。」

「是嗎？」

「據說握力會反映出一個人的體力。因為指尖無法單獨鍛鍊，這個數字顯示的是妳整體的健康狀態。」

「可是……重量訓練太累了，我就是無法持續下去啊。」

「又在找藉口。」

我只是說出事實啊。我在心裡反駁，低頭看著剪斷的轉盤密碼鎖。我提議試著破壞車鎖，奧野先生便拿了不要的轉盤密碼鎖和鋼絲剪過來。

「很輕鬆就能剪斷呢。」

「所以我不是說了嗎？這跟綁條繩子沒兩樣。沒有無法破壞的自行車鎖。有人說粗鐵鍊或者U型鎖很安全，但如果用大型鋼絲剪或砂磨機、油壓剪之類的工具，一樣能剪斷。沒有絕對安全的鎖。」

「那再怎麼防犯都沒有用嘍？」

「不，就像我之前在講座上說的防盜策略一樣，小偷雖然能破壞鎖，但我們可以提高他破壞所需耗費的勞力。既然滿街都是容易偷的自行車，一旦需要專門工具，就會提高偷車的門檻。選擇不容易破壞的車鎖、有管理員常駐的自行車停車場、停放在人多的地方、加裝防盜警鈴……多一層防範就能減少被盯上的機率。」

「反過來說，如果職業小偷打定主意要偷某輛自行車，一定能偷到嗎？」

「可以。不過，如果不是高級公路自行車，通常不至於被特別鎖定。笠井滿的自行車是BIANCHI的越野公路車吧？大概要價七、八萬圓……那種等級的自行車只用了轉盤密碼鎖，明顯太過掉以輕心，當然很容易被盯上。但要是他小心防犯，這車也不算非要不可的等級。」

不過，以這次的狀況來說，犯人根本沒有偷走越野公路車。我到現在還是搞不懂這個疙瘩的意義。

別說搞不懂了，從昨天開始，情況愈來愈混亂。

當時我接到手機來電。是濱中先生打來的。

「小綠，我有個朋友遇到一樣的狀況。」

「哦，又出現了嗎？」

「那個人也是自行車的車鎖被破壞，兩個車輪都爆胎了。自行車一樣是被移到其他停車架上。」

「請告訴我在什麼地方，還有自行車和車鎖的種類。」

根據濱中先生告訴我的資訊，案發地點在越谷車站隔壁、北越谷的自行車停車場。自行車是淑女車，車鎖有轉盤密碼鎖和馬蹄鎖兩種，都被破壞，也都遺失了。自行車主人是濱中先生的老朋友，退休後經營一家小公司。

我道謝後掛斷電話。

「這是第幾件？」

「第四件，愈來愈多了。」

我在桌面攤開的越谷周邊地圖畫上紅圈。

多虧有濱中先生的幫忙，之後我跟管理員聊過。他認得赤田眞美的長相沒有其他原因，純粹是滿不只一次拿眞美的照片去問：「這個人有沒有來過？」消除內心的芥蒂後，我發現其實這名管理員很明事理。他還透過在銀髮人才中心認識的朋友，介紹了附近其他自行車停車場的管理員給我認識。

經調查得知，另外還發生兩起跟滿的情況很類似的案件。

其中一件發生在半年前。一輛淑女車的轉盤密碼鎖被破壞，移到其他停車架。同樣地，兩個車輪都被刺穿爆胎。

另一件發生在三個月前，是一輛停放在其他自行車停車場的越野公路車。價值八萬圓左右的越野公路車，轉盤密碼鎖被解開，移到其他停車架，車輪被刺穿。跟滿的情形很像，這個案子中最值錢的越野公路車並沒有被偷走。

現在濱中先生又告知我們發生第四起案子。

「眞是奇怪……」我看著地圖喃喃道。

這些案子明顯出自同一犯人之手。某人基於明確的意志，重複著這種惡作劇。犯人的目的何在？事件中的奇怪疙瘩似乎長得一天比一天更大。

「會不會是某種宗教儀式？」

奧野先生看著地圖說道。

「犯人有某種特殊信仰，正在進行一種依循相同步驟到處破壞自行車的儀式。被看上的自行車說不定有什麼共通點。比方說，車體都是紅色？」

「那會是什麼宗教？」

「爆胎是爲了驅除積存在車輪的穢氣，移動位置是因爲原本的位置在信仰上屬於不好的方位。這樣似乎說得通。」

「奧野先生，你是認眞的嗎？」

「有一半吧。就算還不到宗教信仰的地步，這些行爲也可能是出於某種堅持。比方說，鞋子一定要從右腳開始穿、要在玄關放圓形的鏡子，這類習慣也可說是一種。」

「破壞自行車鎖、移動車子，還刺穿車輪，有這種信仰嗎？」

「夠了吧，綠。」

奧野先生溫柔地開口，將地圖折起來。

「我們還有該做的工作。妳現在進行的調查完全屬於自己的興趣了。」

「話是沒錯，但……」

「犯罪動機不外乎是牽涉到『利害』或『信仰』。這一連串的犯行實在看不出可以產生什麼利益。思考別人有什麼信仰，也只是徒勞。」

奧野先生將折好的地圖交給我，拿著筆電起身。他接下來似乎還有會議。拿著電腦的右手背上，有一道被美工刀劃過的淺淺傷痕。明明被傷害，奧野先生對滿卻一點也不在意，甚至沒有憤怒，也沒有恐懼。總感覺那道傷痕在告訴我，妳得跟我一樣。

——就算是信仰也好。

如果有人有這種奇怪的信仰，我就更想看看了。以後恐怕再也沒有機會見到這種人。但奧野先生說的也不無道理。我已不是學生，不能再繼續犧牲本業的時間，沉浸於自己的興趣。

我將折起的地圖收進桌子的抽屜裡。

打開電腦，啓動公司的系統。

看看月曆，下午有一位新客戶的面談。聽說是關於失蹤人口的調查。跟外遇還有素行調查相比，尋找失蹤人口的案子往往會拖得比較久，可能還得前往其他都市。

一旦著手處理新案件，我馬上會轉移注意力，漸漸不在意自行車之謎了吧。要是能在忙碌中忘記自己的興趣就好了，我把桌子抽屜上了鎖。

這時，我瞥見月曆上奧野先生的行程。

此刻他正在進行防盜諮商。月曆的項目上註記著「防」。偵探提供的防盜諮商大概是個好賣點吧，最近定期會有人來諮商，確認住家或辦公室的安全措施。我明明跟奧野先生差不多時期進公司，他卻一步一步累積著自己的成績，令我欽佩不已。

我也該好好完成自己的工作——就在我冒出這個念頭的瞬間，腦中某些部分精準地嵌合在一起。

——奧野先生。

對了。十天前，我聽了奧野先生關於防盜措施的演講。就是那場一開始把我的雙手綁在身後、從這丟臉狀態開始的演講。當時聽到的內容在我心中閃爍。

快想起來了。當時奧野先生說了些什麼？

奧野先生撬開我身上的掛鎖。他解釋了鎖的脆弱性，提到居家防犯的重點。

不，不只這些。當時奧野先生還說了一件事——

自行車連續遭到惡作劇、跟濱中先生的對話，以及突然上門破口大罵的笠井滿。我在腦中組合起許多東西。

——啊。

我看到丟在桌上的電子鎖。那四個數字正對著我。

我彷彿聽到腦中的鋼纜鎖，調準密碼時彈開的輕快聲響。

——原來是這樣！

9

我和奧野先生隔著桌子對坐。

家裡的窗簾全都拉上，也關掉所有電燈。客廳一角的巨大熱帶魚水槽，在黑暗中描繪出紅色、藍色等多彩的顏色。

「妳父親的房子眞大。」

奧野先生啜飲著威士忌，佩服地環視客廳。

「對啊，滿大的。房子最近才剛買，門牌上都還是別人的名字。」

「這麼一說，好像是耶。買得起這樣的獨棟房屋，應該賺了不少錢吧。」

「奧野先生應該也會想獨立開業吧？」

「哈哈，我還好，這樣的生活對我來說夠好了。」

我邀請奧野先生到父親的別墅來小酌、欣賞熱帶魚，算是答謝他協助講座活動。

我告訴他所有謎題都已解開，奧野先生很感興趣，於是我邀他到這裡來。父親說冰箱裡的東西都可以自由取用，酒窖裡還有很多高級紅酒，但我不太懂酒，最後只喝了冰箱裡的麥茶。

「妳就快告訴我吧。」

他的語氣像在拜託我，可能是因爲喝了點酒。他果然是個偵探，具有想要探究未知事物的眞相的本能。

「這個案子中，有兩件事我不懂。」

我也不想繼續賣關子，便開始說明。

「第一，是關於笠井滿。調查結束後，他怒氣沖沖地上門大罵『赤田眞美是跟蹤狂』，這是爲什麼？」

「滿是個自尊心很高的人，所以他不願意接受調查報告中，眞美根本沒把他看在眼裡的事實？」

「但滿來的那一天，距離調查結束已過一週。聽我們報告調查結果時，他的反應比較像是沮喪，表情還滿老實的吧。」

「確實沒錯。」

「所以，比較可能是在這一週當中，又發生了什麼事。」

「對，他的確也說過『錢又被偷了』。」

「沒錯，我本來以爲他可能掉了皮夾。」

「不是嗎？」

我先制止想繼續往下問的奧野先生，喝了口茶潤潤喉。

「同居期間，滿和眞美有過幾次爭執吧。」

「比方說，她擅自辭掉工作？」

「那件事也是。另外還有她看了滿的皮夾、碰了他的提款卡和存摺——簡單地說，都是關於金錢的糾紛。笠井滿可能沒有什麼自信，他一直認爲眞美是看上他的錢。可是，他嘴上這麼說，其實心裡不願意這樣想，所以遇到與金錢有關的糾紛時，才會出現偏激的攻擊性。這次應該也是一樣。一定是發生了非常嚴重的金錢問題，才會讓他那麼激動。」

看來奧野先生還是不懂。沒有時間再拖下去了。

「這時就要說到另一個問題了，那就是關於自行車的事。這半年來，越谷附近有四起自行車被惡作劇的奇怪案件。這一連串的犯行有幾個共通點，就是車鎖遭到破壞，自行車被移動到其他停車架，以及前輪和後輪被戳破。明明都把鎖弄壞了，自行車卻沒有被偷——犯人爲什麼要這麼做？」

「妳知道原因了嗎？」

我點點頭，從包包裡取出某樣東西。

這是之前在榊事務所剪斷的轉盤密碼鎖。

「這個鎖如果要轉動數字解鎖，你覺得需要幾分鐘？」

「這……我估不出來。」

「三十五分鐘。這個鎖的密碼是『7554』，從『0000』開始一個一個嘗試，大約需要這麼長的時間。換句話說，如果有五十分鐘，就能試完從『0000』到『9999』之間所有的組合，也一定可以解鎖。」

「妳到底想說什麼？」

「我猜犯人的目的就在這裡。」

也就是說——我繼續道：

「犯人想要的並不是自行車，目的在於把鎖帶走。」

「犯案現場留下了自行車，車鎖卻不見了——笠井滿和濱中先生的朋友都這麼表示。因爲犯人的目的並非這輛自行車，而是那個鎖。」

看到奧野先生一臉困惑，我接著解釋：

「犯人弄壞車鎖後，從現場帶走。滿說過，現場只留下藍色塑膠碎片。但如果只弄壞鎖帶走，很可能會被識破目的，所以犯人才移動自行車、戳破輪胎。事件中的疙瘩，正是爲了隱瞞眞實目的所做的僞裝。」

「把鎖帶回去？這又是爲什麼？」

「重複使用啊。」我繼續道。「我想起奧野先生在演講時說過的內容，腦子裡閃過了這個可能性。當時負責講座前半段的資安專家說過，百分之九十的人都會重複使用一樣的密碼。」

「對，我也看過這個統計數據。」

「他說的雖然是網站上的密碼，其實其他密碼應該也一樣。人總是會習慣性地使用容易記住的號碼或字母，比方說四位數密碼。」

我用指尖戳著眼前被剪斷的轉盤密碼鎖。

「日常生活中，有不少情況會需要用到四位數密碼。我買手機時也設定了四位數字，很多服務系統的登入密碼都設定爲四位數。其實我也經常用同一組密碼。犯人想知道的是滿平時慣用的密碼。」

「所以才偷走他的轉盤密碼鎖？」

「對，試完轉盤所有數字最多需要五十分鐘，犯人不可能在自行車停車場待這麼久，於是把鎖弄壞，帶回家解鎖，查出密碼。那麼，犯人要這個密碼做什麼用呢？答案很簡單，盜用卡片。」

奧野先生頓時瞪大雙眼。

「笠井滿的卡片被側錄了。他被保釋後，我跟他通過電話，我問他：『你的提款卡或信用卡是不是被盜用了？』他告訴我：『存款帳戶有不知名的匯出款項。』滿一心以爲是眞美，才會到我們辦公室來興師問罪。」

「是卡片被側錄嗎……那犯人是誰？」

「應該是職業竊盜犯。」

「竊盜犯？」

「對。爲了潛入笠井滿家，事先調查他周圍的狀況，包括他家的狀態、上下班時間、交友關係……滿說過，有人在路邊一直盯著他家、數度被偷翻郵件，這應該都是竊盜犯所爲。自行車車鎖被偷、取得滿常用的四位數密碼，都是準備工作的一環。經過綿密的調查後，潛入他家，發現家裡的各種卡片，進行盜用。」

「原來如此。只要有側錄機，誰都能輕鬆盜錄卡片……」

「對。對竊盜犯來說，偷東西才是主要目的，如果偷到卡片類，就順便盜用卡片，應該不是主要目的。畢竟很多被闖空門的人家中並沒有卡片。但如果順利得手，收穫可大了，因爲信用卡的信用額度和銀行存款等於都可以隨意領取。」

不過……我繼續往下說。

「側錄機只能複製卡片本身的資訊，要使用卡片還得有密碼。從去年開始頻傳的卡片側錄事件中，犯罪集團爲了取得密碼，在自動櫃員機設置可拍攝到使用者手邊的攝影機。自行車鎖就是代替這個功能。因爲提款卡和信用卡號碼，通常都是四位數。」

「確實沒錯。聽妳這麼一說，我的自行車轉盤密碼鎖和卡片號碼，好像也重複了……」

「笠井滿完全被竊盜犯玩弄於股掌之間。犯人不僅成功側錄了提款卡，而且因爲滿重複使用密碼，得以從他的帳戶中提取大筆金額。」

「而滿誤以爲是眞美下的手……」

「對。我問他，會不會是家裡遭了小偷？他這才發現包包和手錶等小東西不見了。另外，我也問過其中一個自行車遭到惡作劇的人，他的卡片雖然沒有被側錄，但車子被惡作劇後家裡遭人闖空門，被偷走很多東西。犯人也會根據進屋後看到的狀況，改變犯案的手法。」

「原來這就是眞相啊……」

奧野先生佩服地嘆了口氣。我一口氣說完，喉嚨彷彿塞了一堆沙子。此時的麥茶格外美味。

「妳跟警察說了嗎？」

「如果沒有意外，我應該會跟濱中先生一起去報警。剩下的就交給專家，希望能成功逮捕犯人。」

「太好了，其實我有點擔心。」

奧野先生喝了一口威士忌，露出放心的笑容。

「看到妳一個人持續調查，我一直很不安，擔心妳又不安分。私下處理非工作範圍的事實在不太正常。幸好平安結束了。」

「我也感到十分慶幸。」

「綠，妳很有天分。以後也請別讓我太擔心。妳一定能協助許多委託人，成爲優秀的偵探。不要再隨便涉足危險的地帶了。」

我沒有回答他這個問題。

我不想對一個眞心替自己擔憂的人說謊。

「奧野先生，對不起。」

「對不起什麼？」

「其實，有一件事我得向你道歉。」

我環顧四周，「這不是我父親的房子。」

「什麼？」

眼睛漸漸習慣四周的黑暗，房間裡的東西輪廓也漸漸清晰。寬敞的客廳，牆上掛著一幅很大的畫，巨大水槽裡五彩繽紛的熱帶魚和水草，擺放在酒窖裡的那些光滑酒瓶。

「這是小野寺先生的房子。」

「小野寺……妳是指門牌上寫的名字？」

「對。小野寺先生是濱中先生的朋友。他自己經營一家公司……也就是一週前自行車遭到惡作劇的人。」

黑暗中，奧野先生的眼底閃過一絲詭異的光芒。

「跟奧野先生在辦公室一起破壞車鎖時，濱中先生打電話來。他說他的朋友小野寺先生跟笠井滿遇到完全一樣的惡作劇。小野寺先生單身，今天去了兩天一夜的旅遊。他說這段期間可以自由使用他家。」

「自由？爲什麼？」

「濱中先生他們對這種鎖定高齡者的罪犯相當憤怒，定期舉辦講座也是出於這個原因。我跟他商量後，他答應讓我使用他的房子。」

「商量？商量什麼？」

奧野先生顯得很不安。

「妳跟他商量了什麼？」

「獨居男子外出旅行了。對於做過縝密調查的竊盜犯來說，正是潛入的絕佳時機。」

「竊盜犯？」奧野先生思考了一會，愣愣低喃道。

「綠，妳該不會……」

「對不起，奧野先生，我眞的很想親眼看看。」

要是錯過這次的機會，可能再也看不到了。

一個職業竊盜犯潛入犯罪現場時的表情。

「奧野先生，你要幫我喔。」

我微笑著，拿起數位相機。正放鬆喝著威士忌的奧野先生，身上瞬間湧現一股野獸般的緊張感。

一片寂靜中——玄關門口忽然傳來喀拉喀拉的聲音。

喀噠。

開鎖聲響起。

溜冰圓舞曲——二〇一二年・冬

1

繁華的大街上，處處掛著耶誕季節繽紛的燈飾。

雖然是如夢似幻的美景，但此地明顯比東京的冬天更冷。我拉緊風衣前襟，從縫隙滲進來的寒氣依然侵蝕著我的身體。

長野縣北佐久郡，輕井澤町。

申請了三天寒假來到這裡，並不是因爲父親最近在這裡蓋了有廣闊庭院的別墅，而是因爲直到昨天我都在隔壁的群馬縣調查失蹤案件。我和搭檔奧野先生奔走一週左右，終於找到目標對象。剛處理完後續事宜，我突然有了想休假的念頭。

「妳竟然會想休假，是哪裡不舒服嗎？」

眞沒想到奧野先生會擔心我，但這種心境的變化連我自己也沒料到。仔細想想，進入榊事務所至今已是第六年。自從出社會之後，除了工作以外，我的腦子裡幾乎沒想過其他的事，儘管沒有自覺症狀，但我的內心深處可能已相當疲憊。

話說回來，這個小鎭還眞是奢侈啊。

以ＪＲ輕井澤車站爲起點的大街，有許多不輸代官山或青山的精緻小店林立。但一轉入後巷，便是一片閒靜的別墅區，處處可見不知得花多少建築費的豪宅。這裡既非觀光區也非住宅區，算是避暑勝地。陌生街道的氣氛讓我感覺很新鮮，徹骨寒風中，我一整天到處拍照，走到雙腳僵硬。眞是的，實在搞不懂自己到底休假了沒有。

路邊的咖啡廳酒吧，傳來一陣鋼琴聲。

肚子餓了，鋼琴聲彷彿在邀請我。享受這種偶然的相遇，或許也是旅行的醍醐味吧。室內空間並不太大，只有吧檯和五張桌子。以黑白爲主色調的簡約裝潢，打上間接照明，呈現出溫馨的氣氛。

後方有一架平台鋼琴，一名看起來四十多歲的女子正在演奏。

「您要用餐嗎？」男服務生走近。我沒有回答，只豎起一根手指。裡面都是情侶和攜家帶眷的客人，一個女人單獨進去有點格格不入，但服務生依然殷勤地領我來到一張空桌。看看菜單，寫的都是我從沒見過的菜名。看來這裡並不是咖啡廳酒吧，而是專賣德國菜的餐廳。總之，我先點了白酒和麵包，又點了沒吃過的「德式烤豬肉」。

服務生離開後，我望向鋼琴手。

如同黑鍵般帶有光澤的黑色禮服包裹著瘦削的身體。從女人指尖下流出的輕鬆旋律，點綴著靜謐的避暑地之夜。她彈的是耳熟的抒情曲，但我不記得曲名了。不過，她彈奏出的美麗音樂確實舒緩了我的內心。

喝了一口送來的白酒，我閉上眼睛。

終於能好好地放鬆。假如不是一時興起請了假，就無法品嘗到這杯酒，也聽不到這美妙的音樂。或許泡在工作裡的日子，讓我內心深處更加渴望這種時間。此時，我心中充滿了對一期一會的感慨。

——嗯。

下一首曲子我聽過。是瓦德都菲爾（Émile Waldteufel）的〈溜冰圓舞曲〉。

這是一首描繪溜冰者的古典樂。透過樂音可以感受到，隨著優雅的圓舞曲在廣闊的溜冰場中溜冰是多麼愉快。我的心情愈來愈好，再加上有些微醺，身體不由自主地輕晃。

樂曲結束，掌聲響起。看來演奏曲目已全部結束，鋼琴手行了一禮下台。同時「德式烤豬肉」也送上桌。這是一道烤豬肉淋上蔬菜醬汁的料理。烤得半熟的豬肉裹上焦糖色醬汁，送入口中，飽滿的肉汁和蔬菜的甘甜滿溢，搭配著白酒，眞是難以言喻的美味。看來休假的第一天有了很好的開始。

「辛苦了。」

用完餐時，只見換下禮服的鋼琴手回到店內，在另一頭跟服務生談笑。

我的視線被她的手吸引。宛如白瓷的手指纖長，美得教人陶醉。一想到各種音樂都是從這指尖下流瀉而出，就覺得憑添了幾分神祕色彩。我拿出數位相機，悄悄藏起機身，拍下了她。

我們忽然四目相對。

我不由得對她一笑。鋼琴手露出優雅的笑容，向我打招呼。

「謝謝您今天來，您似乎聽得很開心。」

「哦，看出來了嗎？啊，失禮了，眞是不好意思。」

「不，身爲演奏者，我很高興看到您有這樣的反應。如果看到有人睡著，我的心情就會很低落。」

鋼琴手指向我對面的空位。

「您是一個人嗎？不介意的話，我可以坐在這裡嗎？一下舞台，肚子就餓了。」

「不介意、不介意，請坐。」

她好像正要吃員工餐。鋼琴手一坐下，服務生就送來葡萄柚汁。從這熟練的樣子看來，她似乎經常在演奏後跟客人同桌用餐。

「您是來旅行嗎？很少看到像您這樣的年輕人獨自前來輕井澤。」

「也算不上旅行啦。剛好在附近工作，一時興起想休息一下。本來覺得這裡冷得出乎意料，但現在我覺得眞是做了正確的決定。不僅多認識一個陌生的地方，遇見這麼好吃的料理，還聽了精彩的演奏。」

女人微笑著說了聲「謝謝」，從桌上遞來一張名片。

上面只寫著「土屋尙子」。

她補充解釋：「我的名字念成『Naoko』。」我沒拿名片，直接向她自我介紹。鋼琴手或許是受到大家喜愛的職業，但誰也不知道會在什麼地方遇上討厭偵探的人。

「土屋小姐住在輕井澤嗎？」

「怎麼可能，我看起來那麼有錢嗎？我認識這裡的老闆，偶爾來店裡彈著玩。大概有一年沒有在人前演奏了吧。」

「哦，您不是職業鋼琴家？」

「我如果自稱是鋼琴家，眞正的專家會生氣的。以前稍微彈過一陣子琴。老闆說要付我錢，但我的演奏實在不是能收錢的水準。」

尙子指著送上桌的總匯三明治，似乎想告訴我這份晚餐就是她的酬勞。

如今尙子在新潟縣的小型音樂事務所工作。她年輕時曾經在德國工作，是精通英文和德文的三語人才，負責接待來日本的海外藝術家，深受器重。

我們意外地聊得來。尙子是個很有意思的人。人身處於廣闊公園時會有種開放感，同樣地，有些人光是在身邊，就會自然而然讓人覺得開心。在微醺的狀態和非日常的心情催化之下，我漸漸對尙子敞開心扉。

「話說回來，土屋小姐的演奏真的很棒。」我再次告訴她自己的感想。

「聽著聽著就覺得心情好放鬆。土屋小姐是個不過度用力的人，所以才能那麼自然地演奏吧。」

「哈哈，風格自然的業餘演奏，一點也不可愛吧。」

「沒有這回事。〈溜冰圓舞曲〉特別精彩，我十分喜歡那首曲子。」

「謝謝，聽到妳的稱讚真是開心。榊原小姐，妳對古典樂很瞭解嗎？」

她這句話勾起了我的記憶。

「其實也不算瞭解，不過……」

我一邊喝著白酒，一邊往記憶深處回溯。

第一次聽到〈溜冰圓舞曲〉是在高中舉辦文化祭時，交響樂社團的演奏會上。我一時興起，想去聽聽。

走進演奏會場的體育館時，節目已結束，我在台上成員謝幕時找到了位子，這時鼓掌聲戛然而止。法國號響起，開始演奏這首曲子。

即使是外行人也聽得出演奏技巧平平無奇。音準多次出錯，整體音程也不協調。

但那是場熱情的演奏。文化祭結束後三年級生即將離開社團，這是同一批成員演奏的最後一曲——他們不想讓最後的合奏結束在失落中，希望能夠在樂聲中盡情享受。音樂所呈現的歡欣喜悅，乘著三拍子的圓舞曲傳遞到會場每個角落，我也深受感動。

在那之後，我就沒有聽過古典樂的現場演奏。這次也是突然想休假，才能跟這首曲子重逢，或許我跟這首曲子眞的有點緣分吧。

「哈哈，我能夠因爲音樂跟榊原小姐結緣，眞是太榮幸了。」

尚子開心地這麼說。久違的〈溜冰圓舞曲〉能夠由她來演奏眞是太好了，我也覺得很開心。

「對了——榊原小姐是從事哪一行？」

「調查業。」

「調查業？」

「嗯，就是俗稱的偵探啦。」

換作平時，如果不是工作需要，我通常會隱瞞自己的職業，此刻卻覺得坦白無妨。因爲我確信，她不會像我過去遇見的許多人一樣，對我投以異樣的眼光，或露出嫌惡的表情。

可惜，我猜錯了。

尚子瞪大了眼睛，表情變得有點嚴肅。接著，她慢慢將拇指抵在嘴唇上。

「緣分……是嗎？」她喃喃低語。

「既然是偵探，應該見過形形色色的人吧？不管是好人或壞人，體面的人或沒用的人。」

「嗯，是啊。」

「願意聽我聊聊往事嗎？」

尙子的表情明顯跟剛剛不同，像是寬廣公園的後方漸漸籠罩一片霧靄。「可以是可以……」我有點困惑地回話。

「榊原小姐知道哪些指揮家嗎？」

「指揮家……嗯，我知道小澤征爾。另外，還有個叫卡拉揚的人吧？」

「威廉・福特萬格勒（Wilhelm Furtwängler）、卡洛斯・克萊伯（Carlos Kleiber）、瓦列里・葛濟夫（Valery Abisalovich Gergiev）。」

應該都是指揮家的名字，不過我全沒聽過。

尙子望向遠方，彷彿憶起遙遠的往事。

「大約二十年前，在德國一個小城市，有一名年輕的『指揮家』，雖然遠遠不及剛剛提到的那些人，不過這名『指揮家』也有相當出色的天分。」

「這是個什麼故事？」

「這是個『指揮家』和戀人的故事，又或者——」

尙子悽然一笑。

「可說是〈溜冰圓舞曲〉的故事。」

2

故事發生在東西德統一後經過數年，德國一個小城市。

將舊共產國家東德納入版圖的德國聯邦共和國，在經濟上持續陷入混亂。李奧納德．伯恩斯坦（Leonard Bernstein）在柏林劇院高聲宣告「Freiheit!（自由）」，演奏第九號交響曲的喜慶氣氛在不知不覺中煙消雲散。不僅舊東德，就連舊西德也瀰漫著一股莫名的不安。

不過，位於萊茵河中游沿岸的這個小城市，依然擁有閑靜的時光。這可能要歸功於當地放眼盡是古城或教堂，好比童話國度般的街景，當然也可能純粹是因爲這裡與東西分界線距離遙遠。

這個城市裡，有一名年輕的「指揮家」。

「指揮家」原本在母國上音樂大學，是薩克斯風樂手，活躍於流行樂界，立志成爲錄音工程師，但某一天到交響樂團客座演出時，深深爲壯闊悠揚的樂曲著迷，於是轉而鑽研古典樂。「指揮家」結識了那場公演的德國指揮家，後來更成爲指揮家的弟子，來到西德的音大留學。當時柏林圍牆還沒有倒場。

畢業後，「指揮家」跟著老師留在德國的小城市。此地光是職業交響樂團就有八個，業餘交響樂團更是不勝其數，音樂風氣相當盛。「指揮家」觀摩老師指揮的職業交響樂團彩排，一邊學習，自己也到業餘交響樂團擔任指揮，以維持生計。

「所謂的指揮家，其實既不是表現者也不是藝術家，比較像是賽馬騎士。」

以前一位知名的指揮家曾經在訪談中這麼說。

「交響樂團是純種馬。雖然可以單獨跑，但沒有人騎乘的馬來到賽道上，也只會漫不經心地隨便跑吧？因爲有騎士在馬鞍上進行適當的控制，純種馬才能充分發揮能力。儘管都稱爲『騎士』，實際上每個人的風格都不一樣。有人會觀察馬的心情，一邊跟馬對話一邊騎，有人會控制馬，不斷甩鞭子以求加速。還有些騎士看似讓馬自由自在地跑，其實很巧妙地控制著韁繩。方法有很多，但簡單地說，如果一個騎士沒有屬於自己的一套獨門武器，就不可能在嚴酷的賽事中取勝。就這一點來說，指揮家也一樣。」

這名「指揮家」也有一項強力的武器。

那就是「舞曲」。

某一天，「指揮家」代替老師帶領職業交響樂團進行練習，不站上舞台，只在彩排時指揮。

雖然只是練習，但讓一個沒有實績的年輕指揮家站上職業交響樂團的指揮台，實在是難得的機會。因爲這次被要求演奏的是布拉姆斯的《匈牙利舞曲集》全集二十一首曲子，是一場很奇特的公演彩排。

《匈牙利舞曲集》是布拉姆斯留下的名作，他深受吉普賽音樂吸引，進行採譜後編成這部曲集，風格與他素來的質樸剛健不同，全是充滿哀愁的美麗旋律。其中第五號和第六號，是連不熟悉古典樂的人都聽過的名曲。

但要連續演奏二十一首曲子，一想到就教人胃痛。這場公演先提出了一口氣演奏完《匈牙利舞曲全篇》的概念，意圖引起話題。演奏者的興致不高，樂團方面盤算著不如讓年輕人藉此機會練習，於是邀請「指揮家」站上指揮台。

在眾人興趣缺缺的氣氛中，「指揮家」站在交響樂團前。

第一號。「指揮家」手持偏短的指揮棒，揮下第一拍。

樂曲開始演奏。只要是職業交響樂團團員，應該都演奏過這首曲子好幾百次，就算閉著眼睛也能演奏。

一開始沒人覺得奇怪。

可是演奏到一半，陸陸續續有樂手發現異常之處。跟平時的第一號匈牙利舞曲似乎不太一樣。這躍動感、溫度、音色……強而有力的節奏，亮麗的旋律，整首音樂都很不一樣。怎麼回事？

最大的不同的就是指揮家——演奏者終於發現這件事。

「指揮家」揮著指揮棒，像在開心地跳舞。

面對身經百戰的交響樂團，從來沒有指揮過職業交響樂團的這名年輕人，全心全意享受著音樂。「指揮家」不只在享受，跟舞曲融爲一體的指揮，傳達出強烈的節奏感。指揮棒每次揮動中釋放的熱情，都驅動著交響樂團。

「指揮家」本身就是一支舞。

樂聲響起，樂音悠揚。最後一個音符響起的那一瞬間，團員間發出陣陣驚嘆。不管邀請來多麼知名的大師，都沒有發生過這種現象。一個初出茅廬的年輕人，竟然成功駕馭脾氣暴烈不受控制的馬匹，以絕對領先的優勢抵達終點。

兩天後的正式演出，站在指揮台上的是「指揮家」的老師。當地報紙上刊載了一篇評論，寫道：「不愧是大師，指揮狀態穩定，但畢竟給人偏重企畫的印象，後半專注力不足。」

＊

經過彩排事件之後，「指揮家」的名聲漸漸爲人所知。

在這樣的情況下，「指揮家」愛上了一個「鋼琴店員」。

「指揮家」住的公寓附近有一家規模中等的鋼琴店。

這是銷售貝希斯坦平台鋼琴的正統專業店家，如果不是調音師或前鋼琴家無法擔任這裡的店員，格調很高。

某天，「指揮家」開始出入這家店。

不過，一般情況下不會頻繁造訪這種店，更別說是初出茅廬的「指揮家」。這麼常來店裡，店員們當然會在背後竊竊私語。看來，這個人不是來挑鋼琴的。是不是看上店裡的誰了？

那個「誰」到底是誰？從「指揮家」的態度很容易就能瞧出。

——請問……

一天，一名店員實在忍不住，開口問「指揮家」。

——找我有什麼事嗎？

「指揮家」害羞地搔搔頭，不知該說什麼好。過去的人生完全沉浸在音樂中，從來沒談過戀愛。

——這家店開到幾點？

「指揮家」表情僵硬地問。

——這附近有家店的炸肉排很好吃，有興趣嗎？

「指揮家」的邀約不同於指揮舞曲時的華麗絢爛，非常粗魯直接。

「鋼琴店員」曾經立志當鋼琴家。

有志於音樂這條路的人，都會遇見一個惡魔。那就是「至死都無法表現出完美的演奏」這個殘酷的事實。

一位知名交響樂團的樂團首席說過：「我參加過一萬多次演奏會，從來沒能有過一次完美的演奏。」即使日日流血流汗、努力不懈，也無法創作出讓自己完全滿意的音樂。一邊追求「完美」，卻又一邊表現著「不完美」，終此一生。這就是音樂家的宿命。

「鋼琴店員」無法忍受這個事實。每次演奏都得面對自身的不足，實在太痛苦。成爲音樂家必須帶著持續受傷的覺悟，但自己不願爲此承受這種痛苦。

音大畢業後，本來想找一般工作，就在頹喪失意時，熟識的調音師提出工作的邀約，地點就是這家鋼琴店。

賣鋼琴的工作很輕鬆。

這份工作不需要爲了「不完美」而煩惱。只要能應對顧客、賣掉鋼琴，就算是「完美的工作表現」。對於從小就一直跟「不完美」奮戰的「鋼琴店員」來說，有點不習慣這樣的狀況。

輕易就能獲得的「完美」，帶給「鋼琴店員」內心的寧靜。可是持續做著這份工作，久而久之內心深處漸漸枯竭。自己已獲得「完美」。以後是不是只需要每天重複一樣的完美工作，等待老去？

原本讓自己那麼痛苦的鋼琴，現在天天都想念。或許自己就是只能在面對「不完美」的過程中，獲得活著的充實感吧。

就在這個時候，「指揮家」來到店裡。

只用手上這一支指揮棒來對抗艱險的音樂之道，有著向這個世界探問「不完美」覺悟的天才。看來這個人好像喜歡自己……

這天，兩人第一次一起去吃飯。

走進「指揮家」常去的店，喝著精釀啤酒，吃酥炸仔牛肉排。甘甜蘑菇醬汁裹在炸得香酥的炸肉排上，味道非常好。

「指揮家」是個很有魅力的人。他們熱烈地聊音樂、過往人生，以及各種話題。這是一段愉快的時間。「鋼琴店員」的心靈相當滿足。眼前這個人正挺起胸膛，意氣昂揚地走在自己曾經受挫的路上。能夠獲得這個人的青睞，實在開心。

在那之後，兩人經常一起去吃飯。

他們去了交響樂團團員介紹的店，吃烤醋醃牛肉，還去了鋼琴店同事推薦的店，吃馬鈴薯煎餅。白酒淡菜、裸麥麵包、搭配石榴醬的比利時鬆餅。兩人一起吃，總覺得比一個人的時候更美味。每當一起用餐，就覺得彼此之間看不見的牽絆又更加深厚。

這樣的關係持續了大約三個月，時間來到十二月。

街上充滿耶誕節氣氛，到處都是耶誕市集。童話之城覆上一層淡淡白雪，處處可見紅紅綠綠的耶誕色彩。這是美得令人屏息的歡慶季節。

兩人一起走在市集中，來到屋外的溜冰場。裹得嚴實的情侶和孩子們，在開闊的溜冰場上輕盈舞動。

——這是耶誕節禮物。

「鋼琴店員」說著，遞給「指揮家」一個小盒子。

裡面是一根指揮棒。

對指揮家而言，指揮棒的選擇很重要。有人喜歡堂堂揮舞較長的指揮棒，也有人喜歡用牙籤。甚至有不用指揮棒，堅持徒手的指揮家。

「指揮家」用的是當地工匠製作的指揮棒，比手掌稍微長一點的短橡木製。握柄的軟木是罕見的圓形。剛好最近指揮棒斷了。看到對方能理解自己的需求，「指揮家」十分開心。看到「指揮家」高興，「鋼琴店員」也很開心。

當時，喇叭正好流瀉出音樂。

是瓦德都菲爾（Émile Waldteufel）的〈溜冰圓舞曲〉。

這是一首法國的舞曲，優雅可愛的風格非常適合童話之城的耶誕節。老舊喇叭的破音誘發一股獨特的鄉愁。

這時，「指揮家」促狹地看著「鋼琴店員」。

——Gebt, dann wird auch euch gegeben werden.

這是《路加福音》中知名的一節。「你們要給人，就必有給你們的。」

「指揮家」舉起指揮棒，慢慢揮下。

竟然指揮了起來。搭配著圓舞曲，「指揮家」打起三拍子。

「鋼琴店員」不禁瞪大了眼睛。

音樂彷彿呼應著「指揮家」的動作，出現了變化。

明明只是從喇叭播放的錄音，卻明顯增添了躍動感。更加華麗、更加強勁、更加優雅——音樂變身了。

音樂彷佛從這起舞般的指揮身影滿溢出來。圓舞曲的旋律接連變換，每一次轉變，周圍都會換上不同色彩。「指揮家」身上散發出的音樂與喇叭流瀉的音樂交織，成為更加優雅、燦爛的樂聲，擴散到周圍。

來到氣勢磅礡的終曲。指揮家舞動得益發激烈，樂曲隨著最後一揮畫下句點。周圍瞬間沸騰。

不知不覺中，「指揮家」已被群眾包圍。溜冰場上響起一片鼓掌和歡呼聲。

「指揮家」牽起「鋼琴店員」的手，在歡喜的圍觀人群中互相微笑。

——明年再來聽圓舞曲吧。

「指揮家」像在祈禱般，輕聲說道。

——後年、十年後，還有以後……

3

尚子喝了一口葡萄柚汁，稍稍休息。

我忍不住望向她纖長的手。難怪鋼琴彈得這麼好。原來是曾經想當職業鋼琴家的人。

「眞美，沒想到土屋小姐的〈溜冰圓舞曲〉還有這種故事背景。」

「今天演奏的其他曲子也都各有故事。不過，當時的溜冰場，有著對我來說很特別的回憶。」

「不過話說回來，這眞有可能嗎？」

「妳是指圓舞曲？」

「對啊。『指揮家』一揮棒，音樂眞的會改變嗎？」

「榊原小姐，妳知道爲什麼需要指揮家嗎？」

「爲了指示什麼時候該出現什麼聲音，對吧？所有樂手都要看著指揮家，配合指揮來演奏。」

「不對。演奏中一直盯著指揮家，就無法專心演奏了。平時樂手只會聽周圍的樂音，以眼角餘光大致掃過樂團整體。只有在節奏改變等關鍵的地方會看向指揮家。」

「所以，指揮家只是爲了這些關鍵時刻而存在嗎？」

「嗯，這樣說也不太對。指揮家的角色很複雜——」

首先——尙子對我解釋：

「如果是專業樂手等級，幾乎都有站上指揮台指揮交響樂團的能力。因爲大家除了演奏自己的部分外，也都能掌握整首曲子，在其中扮演好自己的角色。不過，如果聚集了一百名相同等級的樂手，大家的想法就都不一樣了。」

「所以需要指揮家來統整？」

「說統整就太好聽了。正確來說，應該是『說服大家』吧。指揮家必須運用自身所有的音樂能力，讓這些身經百戰的演奏者接受『如果是這傢伙，我願意配合』。辦不到這一點的指揮家就會被樂手無情地忽視。交響樂團會自己演奏自己的。」

馬光是靠自己，有可能盡情馳騁嗎？

「如果只能做到這一點，算是平凡的指揮家。眞正優秀的指揮家，要能夠讓交響樂團對其沉迷。」

「沉迷……」

「要能讓團員覺得『我願意被這個人的音樂吞噬』，自由自在地掌控交響樂團。這需要靠天分、技巧，以及不斷累積的學習和經驗……集結一切，讓一流樂手發揮出最棒的表現，讓所有人攀上另一個高峰。」

「聽起來像是催眠師。」

「哈哈，或許吧。不過，還有更高的境界。一個極致的指揮家，只要人在場就可以。」

尙子露出陶醉的眼神。

「到達這種境界的指揮家已不需要揮舞指揮棒，只要站上指揮台，自然就能感化交響樂團，讓他們自動演奏出最棒的音樂。能夠運用這種魔法的大師屈指可數。」

「要怎樣才能到達這種境界呢？」

「得付出令人望之生畏的努力。要讀過數不清的樂譜，站上舞台重複無數次失敗，跟形形色色的樂手衝撞、磨合。只有將人生大部分的時間耗費在打磨與生俱來的絕對才能上，這樣的人才能成爲音樂本身。團員可以在指揮家身上聽到音樂。能迎接這樣的指揮家站上指揮台，是一種幸福。」

「『指揮家』也是這樣的人嗎？」

尚子驚訝地睜開眼。

「怎麼可能。那是天才花上幾十年才能有的成就。」

「但我覺得『指揮家』身上明顯有種特別的力量。」

說到這裡，我便沒再繼續說。

尚子慢慢啃著拇指指甲。

她的臉上浮現一絲苦澀，就像落在沙坑的一滴雨。

「不好意思啊，習慣不好。我就是改不掉。」

的確，尚子的指甲很短。本來以爲是因爲彈鋼琴才留短指甲，但看來是因爲有咬指甲的習慣，只好將啃成鋸齒狀的指甲再用銼刀磨平。仔細一看，吸管上也有啃咬的痕跡。

故事到這裡爲止，都很歡樂幸福。

不經意發現尙子的這個習慣，彷彿暗示著故事的結局。

「『指揮家』確實有特別的力量。」

尙子說。

「太過特別的力量。」

4

「鋼琴店員」住進「指揮家」家，兩人展開同居生活。

原本獨居的屋裡放了直立式鋼琴後更顯狹窄，但對年輕的兩人來說，這並不是什麼大問題。工作結束後，家裡有人在等著自己。光是這樣就能趕跑一整天的疲憊，讓他們心中充滿期待。

一起生活後，兩人驚訝地發現彼此有許多不同之處。對「指揮家」來說，「鋼琴店員」的生活太規律；對「鋼琴店員」來說，「指揮家」的生活太荒唐。

客觀來看，奇怪的應該是「指揮家」。「指揮家」興致一來會看書看到早上都不睡覺，可能一整天都沒吃東西，也可能連續三餐都吃自己最愛的杏桃蛋糕。屋內一直很亂，在德國這個有很多愛打掃的人民的國家來說，亂到這樣的屋子應該很少見。

我要重整這個人的生活——「鋼琴店員」產生一股使命感。

動手清除地上的灰塵。決定所有東西的位置，買了櫥櫃進行大整理，清洗浴室和廁所，把「指揮家」堆積已久的閒置用品都毫不留情地丟掉。

當然，過程中也跟「指揮家」起過衝突。「指揮家」是個很珍惜回憶的人，以前用過的樂譜、好幾根折斷的指揮棒、連盒子都沒開過的薩克斯風等等，尤其是關於音樂的東西，都堅持不肯丟。「鋼琴店員」不厭其煩地說服，最後還是放棄沒碰那些東西，不過屋內已整齊不少。

接著，「鋼琴店員」親自下廚。

烤麵包、燉湯。炸肉排、煎虹鱒、醃德式酸菜。

效果顯而易見。不健康的飲食生活讓「指揮家」無法充分發揮能力。「指揮家」的健康狀態漸漸變好，能夠專注的時間也增加了，人際關係愈來愈圓滑。

一年後，所有的努力開花結果。「指揮家」跟一個職業交響樂團簽下「指揮研究員」的合約。研究員是專門提供給年輕人的職位，負責協助正式上場的指揮。能夠以一流指揮家助手的身分就近觀察指揮的工作，鑽研學習。一個沒有實際成績的年輕人成為研究員是罕見的特例。這可說是交響樂團明智的決定，對「指揮家」特異的天分預先進行了投資。

自己的料理能為「指揮家」帶來貢獻，「鋼琴店員」十分自豪。「鋼琴店員」更加投入在烹飪上，盡心盡力地滿足「指揮家」的舌頭和胃袋。

烤得焦黃的豬頸肉。

使用從熟識店家購買的有機小扁豆煮的蔬菜湯。

點綴餐桌的精釀啤酒和摩賽爾紅酒。出身羅滕堡的朋友傳授了味道樸素的球形甜甜圈作法。自己的料理成為「指揮家」的血肉，蛻變為音樂，這讓人比什麼都開心。

這就是「鋼琴店員」久違面對的「不完美」。支持「指揮家」的工作並不完美。「指揮家」揮動指揮棒，「鋼琴店員」從旁支持，面對不同的「不完美」，一起走在音樂的道路上。

曾經受挫一次的道路，說不定能再走一次。不是以獨奏者的身分，而是以「指揮家」的伴奏者的身分。

「鋼琴店員」感到枯竭的內心久違地受到滋潤。

始終一帆風順的「指揮家」，第一次跌跤是在這年的九個月後。

＊

這段期間，「指揮家」慢慢登上職業交響樂團的舞台。

職業交響樂團的音樂會中，規格最高的是到定期演奏會上客座演出。這是一道窄門，沒有累積相當的實績不可能接到邀約。擔任研究員的「指揮家」獲得的舞台，是只要花三馬克就能聆聽的兒童音樂會。

能夠從這份工作開啓職涯是一種幸運。因爲這場表演以兒童也能懂的舞曲爲中心，充分發揮「指揮家」的本領。波卡舞曲、瑪祖卡、圓舞曲、加洛普，時而優雅、時而激烈的舞曲，不僅擄獲了觀眾的心，連交響樂團團員也深受吸引。德利伯（Leo Delibes）的《柯貝莉亞》、史特拉汶斯基的《火鳥》、柴可夫斯基的《天鵝湖》，隨著「指揮家」自由駕馭這些這些芭蕾名曲，大家都開始覺得他有一身眞本事。

是不是應該讓「指揮家」站上更大的舞台？

這樣的聲音愈來愈多，主辦單位發表了一個挑戰性的企畫，決定招聘年輕指揮，未來的兩年中，每半年舉辦一次新人音樂會，並且四次都由「指揮家」擔綱。

所有曲目都是正統派的德國古典樂。第一次是舒曼的《曼弗雷德序曲》、華格納《崔斯坦與伊索德》的〈愛之死〉、貝多芬第五號交響曲《命運》這些經典中的經典。能華麗地指揮舞曲的「指揮家」，究竟會如何詮釋德國音樂？儘管大眾知名度還不高，交響樂團團員和樂評家之間卻對他懷有很高的期待。

第一場演奏會上，「指揮家」便嘗到了挫折。

音樂會極其平庸。

因爲太過想要強調舒曼和華格納樂曲的悲劇性，連在哀傷中閃爍的喜悅和光芒也一併被塗黑，成爲平板無趣的演奏。《命運》雖然有豐沛的能量，但直到最後都聽不到貝多芬寄託在總譜中謳歌人性的雄偉凱歌。

過去對「指揮家」讚譽有加的地方報，這次刊出了一篇嚴厲的樂評。「太過憑感覺看待音樂，並未碰觸到樂曲背後眞正的本質。身爲音樂家似乎欠缺了某些根本的資質。」

第一次嘗到酷評，「指揮家」大受打擊。

其實地方報批評的內容，「指揮家」自己也隱約察覺到了。「指揮家」很害怕會傳到其他人耳裡。從流行樂界轉到古典樂界的自己，對於古典樂的研究並不充分。就算能釋放音樂中的情感，也無法解讀樂譜內的多重涵義，並維持其複雜性。自己無法觸及古典樂的深奧之處——

「鋼琴店員」非常瞭解「指揮家」的煩惱。

莫札特必須在輕盈中表現宇宙，貝多芬層層疊疊在樂曲中融入了人間百態和喜怒哀樂，蕭士塔高維奇將壓抑和解放與幽默技巧交織呈現，馬勒的樂曲宛如一部厚重的文學作品。要表現出正統古典樂，就算是天才，光憑感覺摸索也有其界限。必須瞭解作曲家的生涯，欣賞同時代的文學、繪畫，學習當時的社會狀況，深化對人類和世界的洞察，並且琢磨如何以言語來表現，不僅要當一個出色的音樂家，更必須是一個成熟的人。而在古典樂的世界裡，就算做到了這些依然只是「不完美」。「指揮家」總算是徹底瞭解了這樣的恐懼。

「鋼琴店員」想支持「指揮家」。能做的只剩下這件事了。打掃屋子、煮許多「指揮家」愛吃的菜，讓「指揮家」能專注在音樂上。

「指揮家」也回應著這份努力，徹底讀透樂譜，拜託認識的業餘交響樂團，讓自己有機會練習指揮下次的曲目，還請「鋼琴店員」提供音樂上的建議，或者偶爾幫忙彈奏鋼琴協助練習指揮。

兩人一起攀登艱險的山。在風雪中用手指攀爬著眼前這座山壁，一點一點以更高處爲目標。他們深信，只要並肩同行，一定能征服嚴酷的音樂之路。

然而，第二次公演依然以失敗告終。

跟上次一樣，收到很多酷評。主要的曲目馬勒《巨人》受到格外嚴厲的批評，甚至有樂評寫道：「單純只有吵鬧的《巨人》，音量愈大愈覺得空虛。」

應該比上次進步了才對。正因「指揮家」自認有所進步，這些評價更令人難過。明明那麼拚命爬上高山，但其實可能才爬了幾公分。這半年來自己到底在做什麼？

在這之後，「指揮家」明顯陷入低潮，眼神迷茫坐在客廳椅子上的時間愈來愈長。

——我可能沒有天分吧。

有一天，「指揮家」忽然喃喃說著。

自己已不懂古典樂。自己覺得好的表現還是會受到批評。說不定當初選擇古典樂就是一個錯誤。說不定自己根本沒有指揮的天分……

「鋼琴店員」什麼都沒說。比起「鋼琴店員」過去經歷的挫折，如今「指揮家」在更高處煩惱。「鋼琴店員」只能靜靜聽著「指揮家」吐露的痛苦。

什麼都不說的「鋼琴店員」，讓「指揮家」很失望。

這個人支撐著自己的生活，卻無法對自己的音樂有所貢獻。因爲這個人的能力只有如此而已。

「指揮家」開始將「鋼琴店員」做的飯菜剩下，嘴裡說著沒有食慾、不想吃。

那段時期，「指揮家」外宿的日子慢慢變多了。

5

半年後，第三次新人音樂會。

由於過去兩次的失敗，樂評家們並沒有對「指揮家」懷抱期待，不過這次公演卻讓聽眾跌破了眼鏡。

主要曲目是莫札特第四十一號交響曲《朱彼得》。這是被譽爲「神童最後一首交響曲」，最高傑作之一的名作。

莫札特的作品是音樂家的可怕考驗。樂譜本身很簡單，假如沒下任何工夫演奏就會顯得無趣。要是太過輕率地處理又更危險，因爲樂曲本身的完成度極高，所有外加的作爲和意圖都會展露無遺。莫札特的音樂就像是殘酷探照演奏者實力的一道光源，而《朱彼得》是難曲中的難曲。

「指揮家」大膽地進行編排。

第一樂章是活潑的快板。樂譜雖然指定爲「快板」，但光有速度和張力依然無法駕馭，更需要的是高度的架構能力。

「指揮家」用速度和張力闖過了這一關。

音樂宛如在噴火。洋溢著貴族般優雅的第一樂章，就像失控的賽車般猛衝。沒有一個聽眾想像得到，這首曲子會包含如此激烈的熱情。

隨著樂章的推進，演奏也愈來愈犀利，在最重要的第四樂章賦歌來到巔峰。「指揮家」激情演繹出據說源於葛利果聖歌的神聖「朱彼得音型」，無比執拗地讓「Do Re Fa Mi」主題數度爆發。是充滿破壞性的莫札特。

當銅管合奏齊響，樂曲迎接尾聲的瞬間，如雷的掌聲與噓聲同時響起。有觀眾起立鼓掌，有人如同地方報上的樂評一樣，痛罵「演奏就像一場詭異惡夢」、「這是對神童的冒瀆」。在異樣的謝幕中，「指揮家」臉上浮現了滿意的笑容。

演奏後的休息室。

「鋼琴店員」來到「指揮家」的身邊。

——今天的演奏如何？

「指揮家」開心地問道，頗有自信。這次「指揮家」並沒有承繼踏實學習的傳統風格，而是選擇用自己的方法來克服德國的古典樂。

「鋼琴店員」感到很困惑。

對於學習古典樂的「鋼琴店員」來說，「指揮家」的莫札特就像一朵危險有毒的花。

我們的目標，眞的是這樣的成功嗎？

最近「指揮家」外宿的時間增加，也讓人很在意。儘管爲「指揮家」終於攀越了高山而開心。但自己是不是參與了這份成就呢？自己眞的有好好支持「指揮家」嗎？

——嗯，我覺得很棒。

好不容易才擠出這句回答，但「指揮家」敏銳的耳朵並沒有漏聽話中混雜的其他情感。

*

「指揮家」愈來愈少回家。

不久前，「指揮家」在外面租了工作室，經常說要睡在工作室不回家，就算在家，也不會吃「鋼琴店員」準備的飯菜。

既然沒人吃，下廚的人也少了動力。「鋼琴店員」自己隨便上市集買麵包果腹，飲食生活逐漸失調。

認識「指揮家」已四年多。

兩人都不知道該怎麼面對這道感情的裂痕。他們一起走過艱險的音樂之路。照理來說，應該擁有一致的目標，爲什麼會走到如今這個局面？

就在耶誕節即將到來的十二月初，事情發生了。

「鋼琴店員」外出購物。這個時期的市集充滿各種美妙的食物香氣。烤腸和蜂蜜蛋糕的味道圍繞在身邊，熱紅酒的甘甜香氣包覆著所有味道。

「鋼琴店員」來到四年前跟「指揮家」一起到訪的溜冰場。

場上沒有音樂聲。一片喧囂中，只聽得見溜冰的人們的叫喊聲。四年前的溜冰場曾經是那麼豐富多彩的空間，現下的情景只讓人覺得空虛。

——啊。

「鋼琴店員」在這裡撞見了「指揮家」。

「指揮家」也發現了「鋼琴店員」。彼此驚訝得睜大雙眼，流動的時間彷彿瞬間靜止。

「指揮家」的身邊，是交響樂團的「小提琴手」。

「鋼琴店員」出入休息室時，也跟對方交談過幾次。

只見兩人親暱地互拍肩膀，舉止就像一對戀人。「鋼琴店員」立刻明白了一切的眞相。「指揮家」不回家的理由，就是這個人。

——爲什麼？

「鋼琴店員」嘶喊般叫著。爲什麼？爲什麼要做這種事？我一直毫無保留地付出，扮演支持的角色，爲什麼要這樣對我？

「小提琴手」跟自己不同，充滿性感魅力。這也給了「鋼琴店員」重重一擊。對方脖頸處傳來香水味，與濃厚的費洛蒙交雜，更增添了性的魅力。

目送「小提琴手」尷尬地離開後，兩人回到家，隔著桌子面對面。平時總會放滿德國料理的餐桌上，現在什麼也沒有。

——對不起。

「指揮家」低下頭，坦白了一切。而告白的內容讓「鋼琴店員」十分驚訝。

「指揮家」並沒有外遇，而是從「小提琴手」手上分到了死藤水。

死藤水是熬煮藤本植物製成的一種會導致幻覺的飲料。出身美國的「小提琴手」來到這個城市之前曾經遊歷世界各地，到處都有管道取得感興趣的毒品。聽說每週會有一次同好的聚會，一起服用死藤水或大麻。

「指揮家」說，喝了死藤水後就能看見美麗的世界。

眼前的光景變得清明澄澈，可以將世界每一個角落都看得清清楚楚。在莫札特樂譜中看見嶄新的畫面，碰觸到神童想要表現的本質。自己的音樂和莫札特的音樂交織在一起，形成嶄新的音樂，所以才能表現出那樣的《朱彼得》。

——聚會上還會分享更強效的藥物，但我不碰其他東西，只喝相對安全的死藤水。所以，往後能不能繼續去參加聚會？

「鋼琴店員」啞口無言，實在不想相信這些話。自己努力下廚做出對方愛吃的東西，是因爲想支持對方，希望一起實現音樂的夢想。但眼前的「指揮家」卻把一切寄託在毒品上。自己過去的奉獻，到底算什麼？

然而，「指揮家」並沒有放棄。失去死藤水，自己的音樂生涯就結束了。雖然感謝對方用心烹調，但自己需要的並不是這些料理，而是能帶來幻覺的藥物。

這次的爭執跟兩人過去發生的衝突完全不同。話題四處發散，最後只有傷害彼此的話語持續不斷。原本可以在一盤料理前和解的兩人，不管討論多久，都無法往彼此靠近一步。

在那之後，「指揮家」徹底萎靡。

一直窩在工作室，恢復到同居之前沒有規律的生活。更糟的是，「指揮家」開始酗酒。可能是受到藥物的影響，一旦大腦沒有攝取刺激性的東西，就會覺得渾身不自在。

兩人會在街上或偶爾回家取東西時碰面。「鋼琴店員」眼見「指揮家」日漸消瘦，臉色也愈來愈糟。大概是精神狀態不太好的關係，頹廢的氣息就像污垢般，緊緊附著。

「指揮家」自己也很煩惱。向「鋼琴店員」道歉，回到原本的軌道或許比較好。但拋棄了毒品，自己就會恢復爲平庸的指揮家。腦中不由自主地浮現地方報對下次公演的酷評。無趣、空有喧鬧、一無所知——爲了躲開這些陰魂不散的評語，「指揮家」窩在工作室裡，只有酒量漸漸增加。

兩人的關係本來應該在這裡完結。

如同許多司空見慣的愛情末路。

但「鋼琴店員」不想就此結束。跟「指揮家」共度的幸福生活、兩人一起走過的音樂之路，實在難以忘懷。自己還能做什麼？——「鋼琴店員」很清楚這個答案。

「鋼琴店員」重新開始下廚。

炸肉排、燉牛肉甜椒湯、烤麵包。「指揮家」不回家的日子也依然持續這麼做。烹煮這些料理彷彿在進行一場祈禱。「指揮家」總有一天會回來。總有一天，「指揮家」會在自己的支持下，再次追求「完美」。「鋼琴店員」如此深信。不管「指揮家」多久沒回家，或者偶爾回家也不碰這些料理，但總有一天，在溜冰場上往相反方向滑行的兩人，繞過一大圈後，會再回到同一個地方。

「指揮家」明白對方的想法，卻無法馬上回家。

兩人都難以下定決心，只有時間徒然流逝。

舉行音樂會的一個月之前，「小提琴手」突然退團。

「小提琴手」跟正在交往的美國人之間有了孩子，決定結婚回國。到彩排前還有兩週，眼看就要進入讀譜階段了。

「小提琴手」最後表示想清空手邊的東西，如果想要可以分給「指揮家」一些。但「指揮家」並沒有收下。

「指揮家」回家了。

「鋼琴店員」坐在客廳的椅子上，呆呆面對一道菜也沒有擺放的餐桌出神。

——之前很對不起。

「指揮家」低下頭。明知早就該跨出這一步，卻一直沒有勇氣，無法行動。拖到這個地步還沒有下定決心的自己，實在愚蠢無比。就算對方不願原諒也沒辦法，但如果可以，希望兩人能重新來過。

一邊道歉，「指揮家」心裡也有了覺悟。我厭倦了等待，事到如今我們之間已不可能——倘若對方這麼回答也無可厚非。

「鋼琴店員」什麼也沒說。漫長的時間彷彿會持續到永遠。

——今天想吃什麼？

終於說出口的是這句話。

「指揮家」哭了，「鋼琴店員」溫柔地擁著「指揮家」。兩人之間該有的，從最初吃的蘑菇醬炸肉排開始，都沒有變。「鋼琴店員」的料理留住了「指揮家」，也戰勝了毒品。

那一天，「鋼琴店員」用冰箱裡剩餘的食材煮了一鍋燉菜。這鍋燉菜比以往的任何一道料理都要美味。

彩排順利進行，終於到了新人音樂會當天。

日間公演的上午，正在進行最後的總彩。交響樂團的反應十分微妙。

因爲「指揮家」的音樂從《朱彼得》那時惡魔般的演奏，退回以往的平庸。不可思議的是，「指揮家」卻覺得很滿意。

自己不同以往，有祖露眞實自我的覺悟。

無論會是什麼結果，那都是現在的自己。「指揮家」做好了迎接所有結果的心理準備。

總彩結束，「指揮家」一個人關在休息室裡。

如何度過正式上台前的時間，每個人的習慣都不一樣。有些人喜歡跟別人談笑，有些人會去慢跑促進血液循環。「指揮家」平時總是很開朗，但正式演出之前會相當緊張，向來不吃任何東西，把自己關在休息室裡。

開演前一小時，「鋼琴店員」來了。

這是「鋼琴店員」第一次在這種時刻來訪。正式上場前希望獨自為接下來的公演集中精神——「鋼琴店員」很清楚「指揮家」的個性，過去也一直如此。

所以，他們大意了。不管是「指揮家」或「鋼琴店員」。

休息室的門打開。

四目相對的瞬間，「鋼琴店員」啞然無語。

「指揮家」在喝啤酒。正好拿起一瓶啤酒，灌進喉嚨中。

——抱歉。

「指揮家」立刻道了歉。

明明抱持那麼大的覺悟，卻在上場前緊張不已，一時鬼迷心竅。只喝了一點點，上場時會好好指揮，不用擔心。「指揮家」這麼說著，把剩下的啤酒倒進水槽。

——不要緊的。

對某些東西的依賴，沒那麼簡單就能斬斷。「鋼琴店員」這次也原諒了「指揮家」犯的過錯，然後將一個盒子放在對方手中。

——這是禮物，打開看看吧。

打開盒子後，只見裡面放著一根指揮棒。

跟四年前在溜冰場收到的是一樣的東西。在那之後不知道又斷了幾根，也重買了好幾次，不過作爲禮物，很久沒有收到了。

「鋼琴店員」說：

——Gebt, dann wird auch euch gegeben werden.

你們要給人，就必有給你們的。

希望「指揮家」能以音樂，作爲這指揮棒的回禮。

「指揮家」緊握著指揮棒。雖然是新品，卻非常順手服貼，像是用了很久。

走向舞台，此時已有許多團員站在側台等待出場。「鋼琴店員」帶了球形甜甜圈來慰勞大家。團員圍繞著裝在籃子裡的甜甜圈。指揮的伴侶好會做糕點啊。平常就能吃到這麼美味的食物，眞是太幸福了。樂團首席和小喇叭手一邊笑一邊啃著球形甜甜圈。

正式演出前向來不吃東西，但此時「指揮家」又破了戒。巧克力和肉桂的香氣滿溢口中，彷彿洗掉了啤酒的苦味。

舞台的布幕拉開。

調音結束，「指揮家」入場。「上次公演的評價兩極，然而指揮家似乎並不覺得自己是個問題人物，依然堂堂正正地上台。」如同地方報所載，「指揮家」颯爽登場。

握著新指揮棒，站上了指揮台。

第一首曲子是小約翰．史特勞斯的喜歌劇《蝙蝠》序曲。

這是在喜歌劇開頭演奏的曲子，非常有「圓舞曲王」小約翰．史特勞斯的風格，兩度穿插維也納圓舞曲的華麗序曲。

明亮歡快的《蝙蝠》是「指揮家」擅長的類型。「指揮家」開始舞動。在躍動的指揮棒引導之下，交響樂團也開始舞動。華麗又豪奢的維也納喜歌劇世界在觀眾眼前展開。第一圓舞曲、第二圓舞曲。隨著音樂的推進，躍動感也愈來愈強，最後在快速的尾聲旋律中落幕。

這是一場洋溢著「指揮家」的童心，令人滿意的演奏。觀眾席瞬間沸騰，從第一首曲目就有人起立鼓掌。

第二首曲目是理查．史特勞斯的交響詩《死與變容》。同樣是史特勞斯，但他跟小約翰．史特勞斯並無血緣關係，風格也多半是以文學、詩、尼采爲題材的厚重作品。《死與變容》這首作品描繪的是理查．史特勞斯年輕時即因重病面對死亡暗影的心象風景。

演奏開始。過了一會，會場靜靜瀰漫著一股失望的情緒。

這是一首輕浮、表面的演奏。像是之前在哪裡聽過、充滿既視感的《死與變容》。很明顯地，「指揮家」並沒有帶給交響樂團任何想像。當騎士沒有好的計畫，不管再優秀的純種馬，也只能憑著本能奔跑。

開頭的序曲。描繪臥床病人的最緩板悠揚連綿，突然響起一聲定音鼓。而後是描繪生死鬥爭的激烈中段。「指揮家」激烈地揮動，煽動情緒，但指揮棒勾勒出的演奏卻像是電影配樂，充滿做作的戲劇性，抹平了理查．史特勞斯特有的細緻陰影。

儘管如此，「指揮家」仍繼續揮動著指揮棒。

沒錯，自己無法到達理查．史特勞斯描繪的深度，現在自己能潛入的深度只到這裡為止。所有「不完美」都在聽眾面前展露無遺。唯有如此，才能讓自己的音樂更進一步。音樂這種東西非常不可思議。聲音本身只是一種物理現象，但不知為何，樂手的心意能夠乘著樂聲傳送出去。不顧一切忘我揮舞的「指揮家」姿態，也感動了觀眾和交響樂團。

會場的所有人，都不禁專注地聆聽這平庸的演奏。

就在這時候——意外突然發生了。

在觀眾看來，「指揮家」就像忽然一陣暈眩。原本激烈揮動指揮棒的「指揮家」，雙腿一軟，腳步踉蹌。

樂評家寫下了當時的狀況：「樂團首席不安地看著指揮，背向觀眾席。」發現「指揮家」有異狀的首席，立刻接手帶領樂團。腳步搖晃的「指揮家」出現異常，舞台上只有一個人做出跟音樂無關的動作。

——我醉了。

「指揮家」後來這麼說道。

喝下的那一口酒精，讓「指揮家」進入幻遊狀態。久違的酒精。演奏會帶來莫大的壓力，由於過去攝取了太多藥物，大腦變得很容易受到刺激。可能是各種條件不幸地交疊，「指揮家」在舞台上幻遊了。

「指揮家」看見了幻覺。

在沉重的《死與變容》中，看見了好幾百種美麗的顏色。有死亡本能存在的地方，就有愛慾。描繪病人的《死與變容》，也是以後設角度描繪生與性之美的曲子。世上沒有人知道這首曲子真正的樣貌。但自己在指揮台上，卻接觸到了理查·史特勞斯的本質——

「指揮家」在終演後興奮地對周圍的人這麼說。然而，沒有人聽得懂此刻「指揮家」吐出的言語。

「指揮家」跌了下來。

在指揮台上失足沒踩穩，就這樣摔到舞台下。「指揮家」發出一聲慘叫。看著無法動彈的「指揮家」，樂團首席死了心停止演奏。演奏會在此中斷。

這就是「指揮家」的最後一場公演。

6

一回神，店裡只剩下我們兩個人。

在間接照明下，昏暗的店內就像沒有陽光照進來的地下室。說完這個故事，尚子輕輕啃著指甲，試圖緩和自己的心情。

「那後來……『指揮家』被開除了嗎？也去不了其他交響樂團？」

「畢竟喝酒的事被傳開了啊。休息室裡被人發現有啤酒空瓶，根本無從辯解。古典樂界很小，一個被貼上『喝了酒上舞台、毀掉公演』標籤的指揮家，不會再有樂團肯要。更重要的是，『指揮家』已沒有繼續走上音樂之路的力氣了。」

尚子悽然一笑，像在撫慰自己的舊傷。

「『鋼琴店員』對『指揮家』很失望，辭掉工作回國。在那之後兩人再也沒見過，也不知道對方在做什麼。拋棄失意的『指揮家』的『鋼琴店員』，眞是個冷酷的人啊。」

「也不能這麼說，我認爲一切都是不得已。」

「怎麼說起這麼沉重的話題呢。跟榊原小姐聊著聊著，就想起往事了。」

尙子說聲「我去洗手間」，起身離席。

安靜的店裡只剩下我一個人。心裡充滿了聽完沉重故事的疲憊感。人類眞是複雜的生物。沒想到那麼開朗的尙子，竟然有這種過去。

但又不止如此。

我腦中浮現一個疑問。

尙子的說話方式讓我心生好奇。都是二十多年前的事了，她卻維持著一定的音調起伏，流暢地說到故事的結尾。

人說起往事時並不會像這個樣子。通常時間、事件、情感，都會夾雜不清，呈現混淆的狀態。一時衝動說起過往，會這麼條理清晰嗎？

或許這個故事尙子說過無數次了吧。在反覆述說的過程中愈來愈熟練，成爲一個順暢的故事。問題在於，她爲什麼要這麼做？希望別人同情自己的遭遇嗎？

但比起這個……

我有一個更大的疑問。

——別想了。

心裡馬上有道聲音響起。

每次解謎，就會給人帶來麻煩。想要揭露被隱藏的事實——我的這種「沉迷」跟帶給許多人幸福的音樂不一樣，總是潛藏著會傷害人的危險性。

我不想失去好不容易結交到的朋友。然而，儘管有失去朋友的預感，我仍不斷思考著腦中冒出來的疑問，根本阻止不了自己。

尚子回來了。

不知不覺中，我開了口：

「『指揮家』在最後的舞台上看到幻覺。」

「什麼？」

「『指揮家』是這麼說的吧？在演奏中看到很多不同的顏色。」

「是啊，沒錯。『指揮家』一直對周圍的人這麼說。怎麼了嗎？」

「交響樂團中，沒有其他人看到幻覺嗎？」

「妳是指，在演奏中嗎？」

我點點頭。

「這……我就不清楚了。這種事如果自己不說，旁人應該不會知道。」

「至少除了『指揮家』之外，沒有其他人出現詭異的舉動或倒下，對吧？」

尚子一臉狐疑地點點頭。

我腦中的疑問愈來愈大。尙子的描述中，有個非常奇怪的地方。

「爲什麼大家會覺得『指揮家』醉了是因爲酒精的關係呢？」

「爲什麼？……因爲在『指揮家』的休息室發現啤酒空瓶，『指揮家』也說了是酒精的緣故啊。」

「可是，酒精並不會讓人看見彩色的幻覺。」

這就是我的疑問。

「確實，有些人的酒精依存症戒斷症狀會讓他們看見幻覺，不過這多半都發生在依存症患者戒酒後十二到二十四小時左右，說是幻覺，大概就是看到不存在的蟲子或人。『指揮家』的幻覺，眞的是因爲那僅僅喝了一口的酒精嗎？」

「妳懂得好多啊，是讀醫學院的嗎？」

「我從事這一行，看過形形色色的依存症患者。」

我經手過很多依存症患者引發的案子，當偵探的人就算不想也會累積不少毒品或賭博的相關知識。而我也親身體會到，人多多少少都會依存著某種東西而生。我們可能因爲一個小小的機緣就墮入深淵，再也無法爬起。

「可是……除了酒精之外，不可能有其他原因啊。」

「有三種可能。第一，土屋小姐說的是捏造的故事。第二，『指揮家』說『看到幻覺』其實是在撒謊。」

「我可以保證這不是捏造的故事，『指揮家』也沒有理由謊稱自己『看到幻覺』吧？如果想隱瞞喝酒的事實，大可編個『出現貧血症狀』之類的理由。」

「第三種可能——除了酒精以外，『指揮家』還吸食致幻劑之類的毒品。」

「太離譜了，這怎麼可能！爲什麼會在重要的演出前吸食致幻劑呢？而且『指揮家』的休息室並沒有發現毒品的痕跡。」

「警察仔細調查過了嗎？」

「交響樂團的行政人員仔細檢查過休息室。如果有包裝紙、吸食器等可疑的東西，一定會被發現。德國的解僱規定很嚴格，不能隨便找理由解約——不過，榊原小姐，妳突然提出這麼多問題，是怎麼了？」

「只要遇到好奇的事，我不弄清楚就渾身不舒服。」

這就是我的依存症。一旦點了火，除非謎題解開，否則無法降溫。

「這麼一來，結論只有一個，那就是『指揮家』被下藥了。」

「什麼？」

「『指揮家』將被人下了致幻劑的東西放進嘴裡，難怪休息室裡沒搜出任何東西。」

「榊原小姐……」

尙子的臉色一變，原本從容優雅的樣子消失，朝我露出尖銳的敵意。

「妳是想說『鋼琴店員』陷害『指揮家』？」

「我並沒有這麼說。妳怎會有這種結論呢？」

「彩排結束後，『指揮家』一直待在休息室裡。這段期間只有『鋼琴店員』來過休息室。」

「除了妳之外，會場應該還有很多人在。可能是競爭對手爲了讓『指揮家』失態，假意送來食物，也可能有交情不好的樂團團員給『指揮家』加了致幻劑的水。」

「『指揮家』在演奏會前向來不吃東西。水可能會喝，但如果有人在水裡下藥，『指揮家』應該會察覺自己『喝了奇怪的東西』。畢竟關係到自己的音樂生涯，假如有這種狀況，『指揮家』一定會提出來。」

確實沒錯。那喝了一口的啤酒，也是「指揮家」親自打開買來的酒瓶後喝下，沒人有機會下藥。

「這麼一來，只有一種可能。放在側台的球形甜甜圈，那是『鋼琴店員』做的。」

我搖搖頭。

「不是那個。我也懷疑過這種可能性，果眞如此，團員應該也會看見幻覺。畢竟團員都吃了，要讓『指揮家』吃到特定的甜甜圈是不太可能的。」

「『鋼琴店員』很信賴『指揮家』。」

尙子加強語氣。

「即使『指揮家』不回家，『鋼琴店員』依然每天做『指揮家』愛吃的菜。沒有人讓『指揮家』喝下致幻劑，『指揮家』是喝了啤酒才看到幻覺，完全是自作自受。」

——不對。

酒精不會讓人看見幾百種顏色。可是尙子說的也沒錯，假如交給「指揮家」摻有致幻劑的食物或飲料，之後也會被發現。在這種可能斷送音樂家生命的情況下，沒必要袒護犯人。

要讓不吃東西的「指揮家」，在完全沒察覺的狀態下吃進致幻劑，眞有可能嗎？

我與尙子四目相對。尙子不耐煩地盯著我。

——啊。

看到她這副樣子，我靈光一閃。

我發現自己可能有個天大的誤會。沒有錯。「指揮家」不是收到一個禮物嗎——

「是指揮棒。」我說道。「『指揮家』從『鋼琴店員』手中收下新的指揮棒。上面塗有致幻劑。」

「榊原小姐……」尙子無奈地笑了笑。

「妳在說什麼呢？指揮棒是用木頭和軟木製成的，就算是快餓死的人，也不會吃這種東西吧。」

「平常確實是這樣，但『指揮家』的情況特殊。」

我緩緩指向尙子。

尙子煩躁地啃著指甲。

「重要的正式表演之前，『指揮家』的壓力應該達到了最高峰。當天『指揮家』也啃了指甲。」

我接著說道：

「土屋尙子小姐，其實妳就是『指揮家』吧。」

7

「我猜致幻劑應該是ＬＳＤ。『鋼琴店員』也認識『小提琴手』吧？『小提琴手』回國前想把手上的藥物處理掉，恐怕是當時跟對方分來的。」

尙子驚訝地睜大眼睛，我繼續往下說：

「ＬＳＤ無味無臭，可以是固體，也可以是液體。如果是固體，跟鹽粒一樣的大小就能發揮作用，藥效很強。」

「這也是因工作得知的？」

「前年我接了一名藥物依存者的失蹤案件。失蹤者服用了『吸墨紙』，是將ＬＳＤ塗在一公分見方的紙上，據說光是這一點量就能嗨起來。『鋼琴店員』把ＬＳＤ沾染在指揮棒握柄的軟木部分，再交給妳。妳當然會握住指揮棒，然後——」

我指向尙子短短的指甲。

「上台前，緊張的妳咬了指甲。當時指尖應該碰到了舌頭或嘴唇吧。微量ＬＳＤ被嘴裡的粘膜吸收，讓妳在舞台上看到幻覺。」

仔細想想，在這之前就有許多不合理的地方。

「『鋼琴店員』在演出前到妳的休息室也很奇怪。明知妳這段時間通常誰也不見，專注於準備工作。」

「……對，那是第一次。」

「在這種時機給妳正式演出要用的指揮棒，也很不尋常。就算是同樣的款式，使用起來應該也有微妙的不同。假如買了新的要送妳，最晚應該在當天總彩之前交給妳才對。因爲想讓妳在正式演出時呈現酩酊狀態，只能趁這空檔交給妳。」

ＬＳＤ的效用，最晚會在攝取後一小時之內發生。如果是當天早上送出指揮棒，「指揮家」就會在總彩時看見幻覺。

「妳剛開始跟『鋼琴店員』同居時，拒絕丟掉與音樂相關的東西，對吧？樂譜、指揮棒、薩克斯風……那些東西還在嗎？演出時使用的指揮棒呢？」

「如果想找，應該能找到。」

「那麼，這樣就能證明了。假如ＬＳＤ滲進指揮棒，交給專門的機關調查就能檢查出殘留物。或者聯絡『小提琴手』，詢問有沒有賣ＬＳＤ給『鋼琴店員』。時間都過了這麼久，對方應該會願意說。」

「為什麼要這麼大費周章？事到如今，確認這些又能怎樣？」

「妳經常這麼做吧。」

我直視著尙子的眼睛。

「妳的故事整理得非常有條理。我猜妳經常像這樣跟萍水相逢的人，說起自己的往事，對嗎？」

尙子無言地肯定了我的猜測。

「妳不斷重複著這種精神上的自殘行為。妳希望別人對『指揮家』論罪，來懲罰過去的自己——二十年來，妳一直重複這麼做，但妳是無罪的。妳是被『鋼琴店員』陷害，不需要再這麼做了。」

尙子的表情扭曲。

那痛苦的表情就像在大地震中被壓垮的房子。我覺得自己似乎挖開了尙子藏在內心深處的傷疤。

「他會爲我下廚。」

「指揮家」說道。

「即使是我沉溺於毒品不回家的時候，他依然每天煮菜，等我回家。他不會做這種事。」

「那是故意做給妳看的吧？透過過度的奉獻，讓對方產生罪惡感——很遺憾，世上有很多這種人。根據妳的說法，『鋼琴店員』信賴『指揮家』，眞的是這樣嗎？『鋼琴店員』其實根本沒有原諒依賴毒品的妳吧。」

不應該再說下去了，但我無法阻止自己。

「妳想要斬斷這種負循環，『回家重新開始』，然而他的心並沒有回來。在音樂上遭受過挫折的他，見不得只有妳獲得成功。所以，他決定用妳之前依賴的毒品，來毀了妳。」

我的目光對上尙子受傷的眼神。

「根據我身爲偵探的經驗，每當發生不好的事，不可能只有一方有錯。妳當然有錯，但並不是只有妳有錯。妳不需要繼續懲罰自己。」

「我沉溺在毒品裡。」

「人生在世，難免有走錯路的時候。」

「我深深傷害了他。」

「在溜冰場上，難免有撞上別人的時候。」

「我——」

尙子開了口，又無力地垂下頭。

寧靜的冬夜裡，垮著肩膀的尙子看起來像個筋疲力盡的老媼。

——怎麼又來了。

我怎麼又控制不住自己？

我想解除尙子身上的詛咒，但也想知道事情的眞相。我又任憑自己衝動地揭露別人的過去，傷害了這個女人。或許有些人活在詛咒中會比較幸福。明知這一點，我還是阻止不了自己。

「我們要關門了。」

服務生走近我們的桌邊。

他應該沒有聽見我們的對話，只看到垂頭喪氣的尙子，於是向我遞出托盤的同時，也送來了帶著譴責的視線。

我多放了一點錢，說聲：「不用找了。」真討厭想用這種方法聊表贖罪之意的自己。

「我走了。土屋小姐，請保重。」

我站起來。

「等等。」

尚子抬起頭。

「Gebt, dann wird auch euch gegeben werden.」

她的表情又變了。

跟我今天看過的任何一種表情都不一樣。她的眼神裡流露出一種驕傲。

雖然聽不太懂德文的發音，但我知道她在說什麼。

你們要給人，就必有給你們的。

「我很慶幸能跟妳聊天。」

我還來不及思考這句話的意義，尚子已慢慢舉起右手。

說著，她又慢慢放下手。

「溜冰圓舞曲。」

尚子宛如在攪拌柔軟的空氣，不斷動著手臂。過了一會，我才知道她在做什麼。

指揮。

尙子開始指揮。

我不禁屏息。

隨著尙子緩慢的動作，我彷彿聽見長笛的上升音型與弦樂的下降音型。

在指揮的引導下，像鳥兒嬉戲般互相交纏的兩種旋律，隱約流過我的腦海。

前奏結束，圓舞曲開始。尙子的指揮從柔美有力轉爲強勁。

我可以清楚聽到，正在指揮的她本身就是音樂。腦中的〈溜冰圓舞曲〉呼應著她的姿態。

尙子的指揮動作愈來愈大。強勁的三拍。「指揮家」最擅長的，優雅又充滿律動的舞曲。搭配著她的指揮，我心中的音樂也漸漸激烈起來。

——這就是土屋尙子。

跟剛剛那放鬆成熟的演奏截然不同，她也不再是筋疲力竭的老嫗。她像個孩子般開心奔跑，在音樂上灌注了全副心力，這是赤子之心的強大力量。

圓舞曲響起。

我可以看見，交響樂團一邊舞動一邊演奏舞曲的樣子，還有那讓演奏者爲之驚愕，樂評家也移不開目光的璀璨才能，以及撼動音樂會現場那魔法般的音樂。

我可以看見，在童話般的小城市中，那座偌大的溜冰場。

許多不同的人在這裡享受溜冰之樂。有孩子、有年輕情侶，有上了年紀的男女，大家都用自己的速度在冰上滑行，歡樂的氣氛感染了四周。滑過冰上的溜冰鞋聲、瀰漫周遭的甘甜紅酒香味。在熱鬧的耶誕節市集中，這是充滿節慶氣息的特別冰上空間。

一對男女手拉著手，看著這副光景。

明年、後年、十年後，還有更久遠的以後……

在激烈又優美的圓舞曲中，我彷彿聽見了曾幾何時確實有過的這句祈禱。

消失的水滴——二〇一八年・春

1

「需要幫忙嗎？」

坐在我對面的井之原先生，奮力地想打開一瓶墨水。

井之原先生很喜歡用鋼筆，有時會從瓶子裡補充墨水。他是個非常固執的大叔，總是看不起原子筆，說是「輕型車」而不肯用。他最常掛在嘴邊的一句話就是：「搭過勞斯萊斯的人，還會想搭輕型車嗎？」

「是不是有什麼特別的開法啊……」

他一邊扭著瓶蓋一邊叨念，最後還是想不起來，只好交到我手上。

「啊，對了！」交給我的瞬間，井之原先生拉高了音量。

「用封箱膠帶。用膠帶把瓶蓋纏起來，多出來的部分捲成棒狀，這樣不管再緊的蓋子都能……」

「喏。」

我沒理他，逕自使力扭，感覺稍有阻力，不過瓶蓋很快就應聲打開。「請用。」我將墨水瓶遞還，井之原先生詫異地張大嘴。如果每天搬運四十公分寬的鷹架踏板，這種瓶子誰都打得開吧，不過大部分的人應該不會做這種工作。

「小要……妳、妳眞的是個女的嗎？」

「是啊。」

「妳父親不是大猩猩吧？」

「不是大猩猩喔。」

我沒好氣地回答，然後沉默了下來。這種互相扮演某種人設、進行捉弄和被捉弄的對話，我眞的很不擅長。要是擅長這種事，上一份工作說不定會順利一點，但辦不到的事就是辦不到，這也是無可奈何。

我——須見要，現在是徵信社的偵探。

不，其實我來到這裡——榊事務所才短短一年，應該只算是個實習偵探。這點資歷就敢自稱是獨當一面的偵探，那些土木泥水師傅聽到肯定會笑掉大牙。

高中畢業後的三年間，我是鷹架工人裡罕見的女性。

母親在我小時候就過世了，我是父親帶大的。他最常說的一句話就是：「爲了養妳，我不得不工作。」一喝酒就失控，是個很糟糕的男人，但他確實把我養大了。我很早就開始打算，等高中畢業就離家，賺錢養活自己。對了，在那之後的四年，我父親都在同一家公司工作。

唯一值得感謝的是，父母給了我結實的身體。我從小體格就很好，一天到晚都跟男孩子混在一起玩躲避球或足壘球。我喜歡活動身體、大汗淋漓的感覺。國中挑選社團時，我當然挑選了運動類。我進了家裡沒錢也不影響的田徑社，主練短跑。

高中一年級時，認識了到我們高中來當教練的風間學長，改變了我的命運。

「須見，妳去練投擲。妳的體型高大、腳短，重心低是一種難得的才能。」

風間學長以前是知名的鉛球選手。聽起來不會多花錢，既然他這麼說，我就改練鉛球。

風間學長的眼光確實厲害，高三春天時我的紀錄已來到十一公尺七十八公分，在高中聯賽的神奈川預選中進了第三名（用我的名字搜尋可以看到當時的名次表）。鉛球的確是很適合我的競技。情緒不斷升高，投擲的那一瞬間，使盡全力將鉛球拋向空中。人際關係的壓力和即將到來的期末考壓力，所有堆積在身體裡的沉重負擔都在那一瞬間爆發，煙消雲散。怎會有這麼痛快的事呢！

經過專門訓練說不定可以挑戰全國賽，搞不好也有希望參加奧運——離開社團時風間學長這麼告訴我，不過根本不可能。我沒錢接受訓練，而且光靠田徑也養不活自己。我拒絕過他好幾次，說想出社會找工作，後來風間學長問我：

「那要不要來我們公司？」

當時風間學長在鷹架工程公司上班。

「妳應該沒問題。憑妳的身體素質和毅力，就算是女人也成爲一流的鷹架工。我會向公司推薦……」

不過，學長這次看走眼了。

到頭來，我並沒有成爲一流的鷹架工。

「小要。」

突然有人叫我。轉頭一看，是森田綠小姐。「是！」我不自覺地大聲回話，井之原先生一驚，肩膀抖了一下。

「妳現在有時間嗎？跟我一起去和委託人面談吧。」

「啊？我嗎？但我還沒有跟客戶面談過……」

「在旁邊看著就行了。妳來公司第二年了吧？差不多該學一點其他工作了。」

綠小姐的教育方法十分溫柔。這跟以前在工地現場被痛罵的情景很不一樣。

「是！」

我猛一起身，膝蓋撞到桌子，井之原先生的墨水瓶應聲傾倒。「哇喔！」井之原先生發出怪聲，我沒理他，逕自跟在綠小姐的身後。

在會議室等候的是一個身穿西裝的年輕男人。我對流行時尚一竅不通，但這個人別著時髦的藍色袖釦，西裝和手錶看起來都很昂貴。

「我叫垣內健太。」

他遞出的名片上印著「三河社」，這是知名的綜合商社，旗下也有營造業，以前當鷹架工時經常看到他們的三條河商標。

「今天非常謝謝您特地撥出時間。其實我要請教的是有關我妹妹的問題，這樣的委託您也接嗎？」

該怎麼形容垣內先生呢？我覺得他就像螺絲鎖得很緊的層架。一絲不苟的舉止和口吻，感覺不管放什麼東西上去都可以穩定支撐。

「這要視您的委託內容而定。發生什麼事了嗎？」

「大約兩個月前，我妹妹遭到色情報復。」

「這真是……真是令人遺憾。令妹一定很難受吧。」

我記得色情報復是指被分手的情人懷恨在心，散布私密照片或影像。垣內先生壓抑著怒氣說道：

「真的很難受。照片被散布後，我妹妹大受打擊，整整一個月足不出戶。直到現在出門時還是會害怕別人的視線，工作也有一搭沒一搭的……所以今天才由我先來拜訪。」

「您手邊有色情報復的照片嗎？」

垣內先生點點頭，將智慧型手機放在桌上。

那是一張女人的露背照。拍攝的角度是肩胛骨以上，可以看到她的側臉，但她的視線並沒有對著鏡頭。拍到的部分確實是裸體，不過並沒有太強烈的色情成分。女人的表情很開心，散發著幸福的氛圍，轉頭回望。背景是時尚的臥室，落地的玻璃窗外是美麗的夜景。看來應該是高級飯店的房間。

「那麼，您這次想委託的內容是什麼呢？」

「我希望能阻止對方。目前只有這種程度，如果放著不管，不知道還會流出什麼照片。」

「所以尚未抓到對方是嗎？您報警了嗎？」

「報警了。但這種程度似乎沒辦法立案。」

「確實，依據《色情報復防止法》去檢舉，得要有更露骨的東西才行。不過……我不太確定我們能幫上什麼忙。敝公司是調查業，不能警告對方，也無法向對方要求損害賠償。」

「這我當然知道。我要的不是這些。」

垣內先生皺起眉說道。

「我找不到那個男人。」

「找不到？」

「對方消失了。根據我妹妹的說法，電話和LINE都聯絡不上，郵件也不回。她不知道對方住在哪裡，現在一點辦法都沒有。」

「他們有共同的朋友嗎？有沒有查過他的社群媒體帳號或公司？」

「好像沒有共同朋友。網路上沒有他的帳號，公司名稱也是假的。」

「所以您是想找出對方的下落嗎？那我們應該幫得上忙。假如兩人是最近才分手，應該查得出一些蛛絲馬跡。」

「謝謝您。」

垣內先生深深地低下頭。

「我妹妹不是一個很會過日子的人。」

他沉痛地擠出一字一句。

「我一直都很小心地保護她，沒想到她會栽在奇怪的男人手裡……我想保護我妹妹，請務必幫忙。」

穩固的層架上，放著他對妹妹的愛。看著低下頭的垣內先生，我心裡一陣感動。我的家庭狀況很糟糕，對這種家族之愛向來沒有抵抗力。

「對了，照片被上傳到哪些網站？如果聯絡網站營運公司，對方可能會願意告知上傳者的ＩＰ位址。假如是從公司或大學之類的固定ＩＰ位址上傳，就能鎖定對方所屬的單位。」

「說到這個……上傳到網路的是第三者，並不是犯人本身。」

「第三者？」

垣內先生點點頭。

「森田小姐，您聽說過『Airdrop色狼』嗎？」

2

「今天好熱啊。明明是春天，感覺都快中暑了……要來一顆鹽味糖嗎？」

隔天早上，我跟綠小姐一起徒步前往垣內先生的妹妹家。這陣子妹妹有時上班有時不上班，今天是下午去上班，早上可以跟我們見面。

夏天的休息室裡經常看得到鹽味糖。裝著稀釋成兩倍、冰到透心涼的運動飲料水桶，以及放在籃子裡的成堆鹽味糖，是夏天工地現場的一大療癒。丟一顆進嘴裡，在舌頭上滾動，就會不自覺地想起寬鬆工作褲裡汗濕成一片的往事。

綠小姐是我所屬的「女性偵探課」課長。這是我們第一次搭檔。

我剛進公司時，綠小姐生完孩子正在休育嬰假。本來以爲鷹架工程公司很隨便，徵信社在這方面應該更隨便，沒想到還能休育嬰假，我很驚訝。看到回來工作的綠小姐我又更加驚訝。我們有許多個性獨特的同事，而負責管理大家的綠小姐看起來眞的只是個隨處可見的普通人。

（其實女性偵探的需求很高。要跟蹤人的時候，與其讓一個粗獷大漢上場，不如由我來跟，比較不會引起對方的警戒，對吧？）

一開始綠小姐對我說過，她想確立起女性偵探的工作。很多女性偵探雖然有心也受過教育，但結婚或生產之後就放棄從事這一行。如果這些人能夠回來，會成爲很強的戰力。她說，成立這個課就是希望打下基礎。

（土木工程的現場，更需要女性的力量。）

綠小姐平靜的語氣，讓我想起風間學長。

（大家總愛說什麼土木女子、工地美人，但現在這個業界依然是徹底的男性社會。有些女人的體力不差，論手的靈巧程度更是贏過男人。我希望妳能走在前面帶領大家。）

爲了這個人，我就試試看吧。

向來隨波逐流的我，腦中第一次有了這種想法。

我也曾經因爲偵探工作而煩惱，之所以能持續到現在，都要歸功於綠小姐。

「話說回來……我以前也接過色情報復的案子，但用Airdrop還是第一次聽說。」

「很少見嗎？」

「豈止是少見，根本沒聽說過。『Airdrop色狼』我倒是常聽到。」

我連「Airdrop色狼」都是第一次聽說。

「Airdrop」是iPhone或MacBook等蘋果電腦的一種功能。可以讓手機互相傳輸檔案，只要是半徑十公尺以內的iPhone，都能直接傳送檔案。

「Airdrop色狼」就是利用這種功能犯罪。在擁擠的電車或觀光地等人多的地方，傳猥褻的照片到附近的iPhone，以觀察對方的反應爲樂。現在已成爲一種社會問題，甚至有人因此被逮捕。

委託人的妹妹的照片並不是直接被上傳到網路，而是先經由Airdrop散布。地點在新宿，接收到的人再把照片上傳到推特並標註「今天收到了這張照片」。後來妹妹的朋友發現，她才知道自己成爲色情報復的受害人。

「就是這裡吧。」

妹妹的住處位於東京都的葛飾區。這是一棟有淺藍色外牆的雙層公寓。從三角屋頂看來，應該是木造的。平屋頂的木造公寓不容易隔熱，我以前聽土木師傅說過，通常會採三角屋頂的形式，運用三角閣樓的空間來取代隔熱材料。

二樓角落的那一戶就是妹妹——垣內羽衣小姐的住處。門鈴一響，門應聲打開，一個戴著眼鏡的女人探出頭來。

「我們是榊事務所的森田和須見。您是垣內羽衣小姐吧？」

「對……」

她的聲音虛弱無力，臉色也不太好，陰影彷彿已滲透到肌膚深處。

就像有些石頭和寶石明明形狀相同，價值卻天差地別，眼前的這個人跟照片中那個耀眼的女性簡直判若兩人。

走進屋裡，格局是一房一廳。地板上處處可見老舊造成的瑕疵，還能聽到隔壁人家傳來的綜藝節目聲音。石膏板後方的空間並沒有確實進行隔音處理。看來是品質很糟的房子。

我們圍著矮桌坐下，綠小姐立刻切入正題。

「這次令兄委託我們找出對妳進行色情報復的男人下落。首先我想確認，羽衣小姐也希望我們這麼做，對嗎？」

「對……可以。」

「我知道了。那麼，能不能請您告訴我有關對方的資訊。」

「他叫鈴木和也。」

羽衣小姐說起兩人認識的經過。

他們在半年前開始交往。羽衣小姐在毛巾製造公司擔任行政人員，當時在新宿上班。那天在公司聚會上罕見地多喝了點酒，聚餐結束後興致還很高，去了平時不會去的酒吧。鈴木就是在那裡向她搭訕的。起初只是隨口應付對方兩句，但鈴木說起話來幽默風趣，很好聊，一回神，才發現已沒有末班車。

「我這個人怕生，不太習慣跟陌生人說話，但那時候竟然聊得很起勁。我心想，一定是因爲我們個性很合。」

她小聲說著。一來是受到心情影響，再來可能是原本就不太擅長社交。

鈴木很紳士。眼看電車沒了，他並沒有說要去飯店，而是說了句「今天很開心」，交給她一萬圓，讓她搭計程車回家。這從容成熟的態度，讓羽衣小姐對他心生好感。

之後兩人偶爾會聯絡，開始約會。鈴木送給她一小把花束，開口要求交往，就是在拍下那張照片的飯店。那家飯店我從沒聽過，應該是太高級了所以我才不知道吧。羽衣小姐接受了告白，也把自己的身體交給了對方。

「可是……我們交往三個月就分手了。他的態度變了很多。」

羽衣小姐環視自己的住處。

「如同妳們看到的，我過得很拮据。公司不大，薪水也不高。兩人交往之後發現彼此對金錢的觀念太不一樣了……他漸漸瞧不起我，說了很多傷人的話。說我因爲放棄人生才會過得這麼窮，還說賣毛巾是人人都會的簡單工作。」

「啊，這未免太過分了吧！」

我忍不住出聲，被綠小姐制止。但這眞的太過分了。毛巾對我們鷹架工來說是很重要的必需品。不管天氣冷熱，手上有一條毛巾不知道能幫上多大的忙。

「鈴木先生是從事什麼行業？聽起來他出手十分闊綽。」

「他說自己是ＩＴ新創公司的董事，公司名稱爲『車庫』。」

不過——羽衣小姐又補上一句。

「照片被散布後，我哥哥試著查過和也的公司，並沒有找到。在網路上也查不到有這家公司……」

「妳有他的名片嗎？去過上面印的公司住址嗎？」

「我沒有他的名片，只聽說公司位在西新宿。」

「去法務局查查商業登記吧。那麼，妳也不知道他住在哪裡？」

「不知道。他說過住在麻布那一帶，但我們從來沒有去過對方家裡。現在想想，那可能也是假的。」

羽衣小姐的神情一沉。

「開口提分手的是我。和也聽了很生氣。他說『我可以甩了妳，哪輪得到妳來甩我』。接著，他瘋狂打電話和傳ＬＩＮＥ……整天被他這樣騷擾，我都快瘋了。後來公司把我調到大宮，我忙著適應新工作，沒時間思考他的事。過了一陣子，以爲事情告一段落，卻發現我的照片被散布出去。」

「這是兩個月前的事吧。在那之後他有跟妳聯絡過嗎？」

「沒有。因爲他不停打電話來，我很害怕，手機和號碼都換了。」

「手機裡的照片有備份嗎？我需要對方的照片。」

「有是有……但和也討厭拍照，幾乎不讓我拍。我手邊只有這種照片。」

羽衣小姐手機上的照片，是個穿條紋西裝的男人背影。寬肩高個子，理得極短的髮型，看不見對方的臉。照片是在熱鬧的新宿街頭拍的。

「除了這張之外，沒有其他照片了嗎？」

羽衣小姐點點頭，綠小姐面露難色。這也難怪，就連我這個實習生都知道這樣的資訊實在太少。

「那個……我看還是算了吧。」羽衣小姐的聲音小到幾乎聽不見。

「不用爲了我這種人大費周章。幸好在那之後和也沒有再做什麼。」

「可是誰也不知道他什麼時候會有下一步動作。有沒有被拍到其他奇怪的照片？」

「應該沒有。畢竟我們交往的時間不長。」

「但妳也不確定吧？不如先接受令兄的好意？我們試試能查到什麼。」

「不用了。只要我忍一忍，事情就會過去了。」

我聽了一驚。羽衣小姐的話喚醒了我的記憶。

（抱歉啊，須見。）

風間學長向我低下頭。沒錯，當時我也說了一樣的話。

（學長，你別在意，只要我辭職就沒事了。）

「妳不用忍耐。」

綠小姐堅定地說。

「就算線索不多，還是值得一試。人活在世上，不可能沒留下任何蛛絲馬跡。哪怕只是一些小線索，一條一條收集起來就有可能找到對方。妳就放心交給我們，好嗎？」

看來，她過去一定處理過好幾次這種困難的案子吧。綠小姐的話語充滿自信，連在一旁聽著的我都覺得她很可靠。

「首先，請告訴我們詳細經過。」

3

走回車站的路上，有一個正在進行基礎工程的工地現場。

應該是要新建獨棟房屋吧。裸露的空地上，作業員噠噠噠地拿著打夯機整地。

「懷念之前的工作嗎？」

綠小姐實在很敏銳。光從視線些微的改變，就能讀懂人心。

「遇到工地現場就會忍不住多瞧兩眼，看到建築物也會好奇建造方法和年份。」

「這是職業病呢。我也一樣，走進複合式家庭餐廳會挑選視野好的座位。不知不覺中就懂得如何分辨擦身而過的車種了。」

嗯，看來我還是太嫩了，聽了一點共鳴都沒有。

「工作怎麼樣？都習慣了嗎？」

「工作喔，應該比較習慣了吧……但老實說，這一年來我多半都在學習跟做一些雜事，還沒有當偵探的感覺。」

「風間先生十分看重妳，他說妳很有毅力，一定能夠成爲我們的戰力。」

「妳也認識風間學長嗎？」

「他跟我父親有交情。之前那個內部告發的案子，就是我父親去調查的。」

內部告發事件是風間學長一段很出名的經歷。

風間學長在當鷹架工之前，曾經在某家工務店上班。那家店做了很多見不得人的勾當。比方說，謊稱免費檢查，進入客戶家中破壞配管和屋瓦，然後建議客戶修理，靠這種自導自演的手法來賺錢。有一天，負責修理的風間學長發現每一戶的破損狀況都很相似，他不知如何是好，於是找綠小姐的父親商量。兩人是同一家小酒館的常客，偶爾會在店裡聊天。

風間學長揭露了這些不法行爲，告發公司。如果不滿公司的作風，其實大可辭去工作，落得輕鬆，風間學長卻願意做這些麻煩事。他是個富有正義感和行動力的人。

「小要，」綠小姐說：「妳不想再回去當鷹架工了嗎？」

「爲什麼問我這個？」

「當初妳進公司的時候我在休假，其實我一直想好好跟妳聊一聊。」

確實，目前爲止還沒有跟綠小姐深談過。

「這個嘛……我覺得鷹架工的工作很適合我……」

我想起了從前。

第一年與其說我是鷹架工，更像是雜工。每天只是不斷扛著沉重的鷹架踏板和鋼管，不斷在工地現場走動，但那時候過得很開心。活動身體，直到累到不能動彈，餓著肚子回到家大口扒飯，然後沉沉睡去。我每天都不禁暗想，這工作眞是太適合自己了。

我還不確定自己適不適合偵探這份工作。需要四處奔波，生活不規律，有時候也需要熬夜。這跟每天能發洩體力的工地現場不同，總覺得有什麼東西慢慢累積在心底。

「不過，我並不打算回去當鷹架工。畢竟我這種身體，應該沒有地方敢僱用我。」

我揮了揮右手，綠小姐的臉色一變。

出社會工作三年，我慢慢能負責高處的作業，就在我想去考吊掛作業者的執照時——我得了腰椎椎間盤突出。不管丟鉛球或扛建材都沒問題的身體，爲什麼突然就出問題了呢？

腰痛是鷹架工的職業病，有些在現場工作的師傅也有椎間盤突出的毛病，但我的情況是同時還有手麻的症狀。醫生說就算動手術也不能保證會完全治好，沒辦法，我只好吃止痛藥又工作了一陣子，但症狀遲遲沒有改善。

某天，我引發了一場意外。

我在三樓的鷹架上，突然右手無力，手中的鋼管差點掉下去。當時急忙呼叫夥伴幫忙，幸好沒有釀成大禍，不過一想到沉重的鋼管掉下去會造成什麼後果，我至今仍會後怕。

不如妳先休息一陣子，觀察狀況再說？這段期間我試著跟公司談談，看能不能讓妳轉內勤——風間學長這麼對我說。雖然前例不多，不過以前確實有受傷的人轉任行政工作，等待重回現場的案例。

但這個建議受到阻撓。問題出在學長的左右手腰塚先生。他有著「風間的跟屁蟲」的綽號，非常討厭我，一有狀況就會不斷找我麻煩。

一個女人家休想闖進我們鷹架工的世界。

這應該是腰塚先生眞實的心聲吧。我對於自己的工作表現很有自信，一點也不輸同輩的男人，可能這一點也讓他看我不順眼。因爲是女人，就要給她特別待遇嗎？不知道她什麼時候才能痊癒，又不是一個值得繼續僱用的人才。他在大家面前刁難我，讓風間學長左右爲難。

「學長，你別在意，只要我辭職就沒事了。」

離開公司之後，我跟風間學長就不再有什麼關係了。

如果他沒有在我離職三個月後，說要介紹其他工作給我的話。

「啊～工作結束的這一杯總是格外好喝。」

我們在新宿街頭一直走到傍晚。時間是傍晚六點。以前還是鷹架工的時候經常來新宿工作，今天也去了不少令人懷念的地方。現在我們進了車站前的老咖啡館，點了冰淇淋蘇打。綠小姐正在禁酒，我則是本來就討厭喝酒。

「今天都白走了。」

「沒有白走這回事。一一排除可能性也是很重要的工作。」

我的腦袋雖然懂這個道理，但親身體驗後才知道調查業的工作眞的很空虛。建築工地的工作每天都在朝目標前進，幾乎沒有一天是看不見成績的。調查業每一天的成果落差極大，進度好的時候可以一口氣往前推進，有時候直到最後一天都沒有絲毫進展。我喜歡平平淡淡地工作，像這樣彷彿拿著鏟子挖寶的工作並不是很適合我的個性。

我們今天做了兩件事。一件是調查新宿區名叫「車庫」的公司，另一件是走訪羽衣小姐和鈴木約會過的店家。

就結果來說，兩邊都白忙一場。新宿區名稱有「車庫」兩個字的公司僅有五家，調閱公司商業登記名冊後，發現沒有一家的董事名單裡有「鈴木和也」這個名字。只有一家公司有「本木和哉」這位董事，去了才知道是家中古車批發商，本木先生是個七十歲的老先生。

約會的店家包括十八間餐飲店和雜貨店、家具行、珠寶店等，到處都去問了一遍，並沒有得到相關證詞。就連兩人初次相遇的酒吧員工都不記得他們。

「這樣未免太奇怪了吧。為什麼會找不到鈴木呢？」

我心裡漸漸浮現疑問。

「不只沒人見過他，連公司也找不到，這不是很匪夷所思嗎？」

「我有同感。我想整理一下目前的狀況，有時間嗎？」

看來，綠小姐也有一樣的疑問。

「其實我覺得奇怪的不是這些地方。找不到他公司的理由很簡單，因為鈴木對羽衣小姐說了謊。」

「為什麼要對女朋友隱瞞真正的職業呢？」

「很多人會偽裝身分跟別人交往。比方說外遇，或者不想分手後牽扯不清，便向對方吹噓一個假的經歷，這種事十分常見。鈴木不讓人拍他的照片，表示他跟羽衣小姐交往時說了謊。可能從一開始目的就只有對方的肉體吧。」

「真噁心。」

「但光是這樣，很難解釋為什麼會進行色情報復。假如一開始就以分手為前提，偽裝自己的身分，那大可趁對方甩了自己，消失無蹤。明明可以分得乾乾淨淨，為什麼他還要這麼做？」

「會不會是在交往期間認真了？」

「確實也有這種可能……但另一個我不懂的地方，就是爲什麼要用Airdrop？假如要進行色情報復，大可直接傳照片到網路上。既方便又能同時傳給很多人。」

「羽衣小姐之前在新宿工作吧？會不會是想讓在附近工作的人看到？」

「那也可以張貼照片，方法更簡單，而且傷害性更大。」

這時，綠小姐好像忽然想起了什麼。

「……該不會，散布照片這件事本身就是他的目的？」

「什麼意思？」

「鈴木本來就對羽衣小姐懷恨在心，爲了報仇才特意接近，跟她交往。爲了傷害對方而拍下照片，再藉口不甘對方甩了自己，所以散布照片。假如他一開始就以復仇爲目的，接近羽衣小姐，那使用假名和散布照片的行爲就說得通了。」

「很有道理，這應該就是眞相吧。」

我眞心這麼想，但綠小姐又搖搖頭。

「以復仇方法來說，這樣太過迂迴，也很半調子。畢竟不能保證兩人一定會交往，假如只是要報仇，趁夜去襲擊她更簡單。如果要污辱對方，現在這些照片效果不大。至於僞裝經歷，跟對方相處整整三個月未免太危險了。」

「原來如此……」

「但雙方結下宿怨這條線還是很有可能，得去問問羽衣小姐。提供證詞的人畢竟並不完美，換個方式詢問，有時候會出現連本人都忘記的證詞。」

我打從心底佩服。綠小姐的腦袋轉個不停，她擬定調查方針的方法就像在組建框架一樣。我忽然覺得眞的可以找到鈴木。

——不過……

我同時也在思考，這些事我辦得來嗎？

今天一整天一起行動，我深知自己跟綠小姐之間技術的差距。比方說，問話的時候，總覺得別人面對綠小姐會很願意主動開口，她有著類似吸塵器般的魅力。就算我現在開始累積經驗，也不可能像她一樣。

「又在想什麼了吧？沒想到妳是個很愛煩惱的人呢。」

哈哈，她惡作劇般地笑了。說到願意主動開口，面對她時的我也一樣。

「看到綠小姐，就覺得我們的程度實在差太多，實在很不安。我不知道自己能不能做好這份工作。」

「喂，原來妳是爲了這種事煩惱啊？我可是有十年資歷的人耶，沒有一點差距怎麼行。」

「我不確定這種差距是不是能靠經驗趕上的。綠小姐似乎十分享受偵探的工作。再怎麼樣我都贏不過一個對工作有愛的人吧。」

「小要，妳走了一整天的路還是活蹦亂跳的吧。體力也是成爲偵探的一種重要才能。我不擅長運動，剛生完孩子現在很容易累，這方面完全比不上妳。」

而且——綠小姐繼續說道：

「這個世界上最好有不同類型的偵探。聚集對事情具有不同觀點的人，才更容易發現一個人找不到的眞相。有時調查工作就是從這些地方找到破口。」

「是這樣嗎？」

「對啊。還有……妳最好不要拿我當榜樣。」

該怎麼說呢……綠小姐的聲音忽然沉了下來。

「我通常會問新人一個問題，現在方便問妳嗎？」

「好啊，沒問題。」

「假如案子調查結束，妳正在寫報告書。這次的調查很成功，委託內容也都達標了，但這並不是委託人期待的結果。如果就這樣把報告書交上去，可能會讓委託人變得不幸。這種時候妳會怎麼辦？會把報告書交出去嗎？」

「這……這會是什麼情況呢？我有點難以想像。」

「舉個實際發生過的例子吧……以前有一名四十多歲的主婦，委託我們調查丈夫的外遇對象。主婦希望丈夫跟外遇對象切斷關係，重新修復兩人的關係。實際調查後發現，她丈夫確實外遇了，但並不是一般的外遇。他的對象是女高中生。」

「啊？」

「而且對方懷孕了。」

「不會吧！」

「可是丈夫和女高中生都已覺醒。他們商量好，瞞著妻子讓女孩墮胎，丈夫用私房錢給她一點補償，然後重回家庭。這麼令人震驚的事實，如果向委託人報告調查結果，他們的家庭應該會就此崩壞吧。可是，如果我什麼都不說，或許這個家庭可以恢復以往的樣子。小要，換成是妳，會怎麼做？會向委託人報告調查結果嗎？」

我無法回答。從工作的角度來看，好像應該報告，但這麼做眞的妥當嗎？

「我交了。」

綠小姐的聲音好似清脆落入杯中的冰塊。

「聽到調查結果的瞬間，委託人痛哭失聲，根本無法好好說話，也沒帶走報告書，幾天後我傳電子郵件給她，可是她沒有回。直到現在我都不知道那個家庭後來怎麼了。」

「爲什麼要報告呢？」

「如果委託人爲了尋求第二種意見去找其他徵信社，而對方給出正確的調查報告，那麼我們的調查能力就會受到質疑，成爲劣質業者。委託人要求我們做的是正確的調查，不應該去考慮調查會引發的結果。站在公司觀點，是這樣思考的。可是，我個人的立場稍有不同。」

「妳的立場？」

「妳聽過風化作用嗎？」

綠小姐注視著我。

話題突然轉變，我搖搖頭。綠小姐繼續說：

「幾年前我去了輕井澤，爬了那附近的山……在那裡看到很多凹凹凸凸的岩石。岩石長年受到風吹雨打，被侵蝕出許多孔洞，變成奇怪的形狀。這就是風化作用。看到那些石頭時，我心想，人類其實也一樣。」

「這是什麼意思？」

「我們只要活著，就會遭到風風雨雨的侵蝕。可能是人、可能是事件，或者是別人的建議、作品。雨水不停打穿人心中的岩石，讓人變成各種不同的形狀。」

至於我呢——綠小姐說道：

「喜歡窺探『人性』。」

「『人性』？」

「對。我想剝開別人的外皮，看看藏在下面的『人性』。我一直沉迷於這件事。」

綠小姐摸著冰淇淋蘇打的杯緣，指尖沾上了水滴。

「當然，剛剛的那些道理都很重要，但我從事這份工作，其實是想看到平常看不見的東西。對我來說，委託人的利益是次要的……簡單地說，我不是一個正經的好偵探。妳應該聽過公司裡人怎麼說我吧？」

我想起綠小姐隨身攜帶的那台相機。

綠小姐總是帶著一台頗有年份的數位相機。相機本身很老舊，已不堪使用，不過她經常拿出來拍，所以我印象深刻。

「那台相機裡似乎存著許多糟糕的照片。」

我聽過這種謠言。說是每當綠小姐遭遇危險局面，就會拍下照片留作紀錄。不知道可信度有多少，但既然本人都這麼說了，看來謠言有幾分眞實。

「正因我不正經，更希望別人能當個好偵探。我接下課長的工作，也是基於這個理由。」

「原來是這樣啊。」

「所以我想說的是，小要，妳只需要慢慢磨練技術，找到工作的價值就行了。妳根本沒必要跟我比較。如果妳覺得自己眞的不適合當偵探，也還有其他工作。」

她開誠布公地說完，伸手去拿手機。

「那麼，就先集中處理這顆水滴吧。」

「水滴？」

「Airdrop的drop，也有水滴的意思。」

對了，我們正在追查一顆落在新宿的電子水滴。

「好，那就來解決吧。」

往後的事想太多也沒意義。我一邊想著羽衣小姐垂下頭的樣子，一邊告訴自己要振作精神。

4

結束爲期四天的調查，今天是星期六，我們來到武藏小杉。

走出車站，環狀道路沿途高層公寓林立。附近充滿發展中的城市欣欣向榮的氣勢。

穿過入口，登上電梯。這是有三十五樓高的高層公寓。看這規模，從動工到完工應該得花上三年吧。鷹架工跟泥水匠或室內裝潢師傅等經常前往不同現場的工作不同，從工程初期到收尾都得待在同一個工地。從一無所有的地面漸漸組裝，等到在頂層迎接上梁儀式時，心情一定超好的吧。

電梯開始上升後，綠小姐揉著眉心。這四天到處奔波，她好像很累了。塞滿調查資料的包包掛在我的肩上。

走出三十樓，只見垣內先生站在梯廳。

「抱歉，突然請妳們過來。真是太感謝了。」

本來預計下週要進行調查報告，不過垣內先生臨時有工作，希望提早報告，於是我們來到他家。他說今晚還有事，無法離開家裡。

他帶我們進屋。地板鋪的是高級的胡桃木，由此可知這房子的等級之高。

「您剛搬家嗎？」綠小姐問。

「對，上個月剛搬，趁著結婚換了房子。」

「新婚啊，那真是恭喜了。」

「我們先辦婚禮，隔天開始同居……但妳是怎麼知道的？」

「電表顯示只有三百千瓦。我不確定這棟大樓什麼時候蓋的，但兩個人生活只有這樣的用電量，表示頂多住了兩個月吧。」

「真厲害，原來偵探連這種地方都會注意到啊。」

垣內先生一臉佩服。

我們被帶到客廳。正面是落地玻璃窗，可俯瞰多摩川。六坪左右的寬敞客廳擺著沙發，沙發上坐著三個人。

「這是我父母跟我太太。今天在新家聚會。」

他說的有事，就是指這件事啊。只見三人同時起身。

「我是健太和羽衣的父親。這次我女兒的事真是謝謝妳們了。聽說榊事務所是調查業界的大公司。貴公司能幫忙實在太好了。」

父親露出優雅的笑容這麼說，母親安靜地退居在後。太太一頭飄逸的長髮，有一雙纖細美腿，長得很漂亮。明明是家人間的聚會，大家都穿著西裝、連身裙等正式服裝，有種我們是來面試的感覺。

我聞到紅酒的味道。垣內先生看起來沒喝酒，其他人好像喝了不少。我們並肩坐在沙發的一端。

「勞煩兩位專程跑一趟，真是不好意思。我父母也很擔心羽衣，我想不如一起聽調查結果，比較方便討論今後的對策。」

垣內先生的情緒高昂，散發著即將打倒威脅家族大敵的氣勢。我打開包包取出信封。所有人的視線都集中在信封上。

「調查結果整理在這裡面。」

綠小姐遞出信封後，深深低下頭。

「很抱歉，我們並沒有找到鈴木和也。」

空氣當場凝結。剛剛充滿期待的氣氛迅速冷卻。

原本無比期待地看著我們的垣內先生，眼神頓時像鮮花枯萎般毫無生氣。

「……這是怎麼回事？」

開口的是父親。和善的笑容像是硬貼在臉上。

「健太告訴我們，事情可以解決啊。」

「我們本來以爲能幫上忙，但著手調查之後，意外地發現無法找到足夠的線索。非常抱歉。」

「不管任何工作都一樣，不能拿『意外』來當藉口吧？更別說是調查業了，我想幾乎不會有意料之內的事。」

「您說的沒錯。這次完全是我們能力不足。」

「那費用呢？」

垣內先生插了嘴。大概是壓抑著怒氣，聲音有些顫抖。

「我們很努力，但還是沒找到人，可是錢一毛都不能少——應該不至於這麼離譜吧？」

「眞的很抱歉……我們一開始也解釋過了，敝公司的方案並不是成功報酬型。調查成功並不需要額外的報酬，不過我們會收取調查費。」

「妳們確實是解釋過，但也是因爲妳們說幫得上忙，我才會簽約。這跟之前說的不一樣吧？」

「不好意思，我想先跟您報告一下調查的結果，方便嗎？」

沒有人回話。綠小姐在尷尬的氣氛中打開信封，拿出一疊資料。

這四天我們去了很多地方。

從這些細緻的調查中，我感受到綠小姐的堅持。逐一清查羽衣小姐告訴我們的地方後，我們又去見了她一次，請她列出跟鈴木一起去過的地方。連神奈川、埼玉等鄰縣都去了，還查了「車庫」、「車酷」、「軍庫」等類似的公司名稱。我們也跟買賣個資的業者照會過鈴木的電話號碼，並且聯絡上當初在推特上發出「走在新宿街頭收到了一張奇怪的照片」這則推文的人，詢問當時的狀況。最後甚至找來擅長繪畫的同事，畫出鈴木的肖像，到鈴木的住家所在地麻布以及新宿一帶搜尋。

然而不管怎麼找，都查不出一點蹤影。鈴木就像鬼魂一樣，消失得無影無蹤。

綠小姐仔細說明調查過程。可是她說得愈多，現場的氣氛益發冰冷。

「你們眞的調查過了嗎？」

垣內先生的口氣忽然變得很粗魯。

「你們去過哪裡、做了什麼調查，嘴上說得漂亮，真的都調查過了嗎？調查過程都錄下來了嗎？」

「我們沒有錄影。但如果您去報告書上寫的地方求證，對方應該能證明我們確實去過。」

「你們可能早就套好說詞了。我在網路上看過，有些惡質業者根本沒有認眞調查，卻要求委託人付出高額費用。我看你們也是這種公司吧。」

「我們也在協助業界的社團法人，希望可以消滅這種不良業者。」

「什麼業界，說穿了偵探不就是一群無賴嗎？跟我們三河不一樣，多半都是些上不了檯面的公司吧。」

我驚訝得說不出話。我們那麼辛苦地四處奔波，憑什麼偵探這一行要被他說得這麼不堪？

「森田小姐，妳做這一行幾年了？」

父親從容地開口問。他猶如找到獵物的野獸，露出充滿自信的微笑。

「我從學生時代就開始接觸這一行，不過正式入行到今年是第十一年。」

「我看妳年紀大概三十出頭，這麼說出了社會之後應該只做過這份工作吧。我告訴妳，偵探這一行我雖然不懂，但在一般公司裡這樣的工作結果是行不通的。就算找不到，照理來說總會有一點什麼成果吧。」

「話說在前頭，我不是捨不得付錢。我只是討厭做事情不負責任的傢伙。」

「沒錯，我們不是要妳還錢。可是，如果妳今後打算繼續維持這種工作方式，身為一個出社會的成年人，最好重新反省一下自己的工作態度。」

儘管被兩人這樣逼問，綠小姐依然面不改色，甚至像是睜大眼睛在觀察他們的表情。該不會連在這種狀況下，她也在窺探這兩個人的「人性」吧？不，再怎麼說，這未免太離譜了。我收回這個猜測。

「妳是哪所大學畢業的？」母親突然開口。

「大學嗎？」

「是啊，能不能告訴我，讓我長長見識？」

「妳太沒禮貌了吧，怎麼會問做這種工作的人那樣的問題？抱歉啊，森田小姐，內人太沒教養了。」

「我是京都大學畢業的，怎麼了嗎……」

父親的笑臉凍結，母親也沒好氣地沉默了下來。其實我也一樣訝異。為什麼會突然提到學歷？

「那妳呢？妳是哪裡畢業的？」

垣內先生打破眼前的尷尬，把矛頭指向我。

「我沒上大學，高中畢業後就出社會了。」

「高中畢業當偵探？爲什麼？」

「我本來在建築工地工作，是鷹架工，後來受了傷。」

「一個女人當鷹架工嗎？妳找不到其他工作了嗎？看來對自己人生隨便的人，果然只能找到隨便的工作。」

「健太，你怎能這樣說話！再說了，委託她們調查的你也有責任。不要想逃避自己的責任。」

「我事前又不知道這些。假如知道是只有高中畢業幹粗活的人來負責調查，當初我就不會簽約了。」

我腦中的螺絲頓時彈飛。

對方可能是喝醉了，但哪管得了那麼多。我現在只想給對方一拳，忍不住要起身。

就在這個瞬間，腳上傳來一陣壓力。

綠小姐在桌子下拚命踩著我的腳背。

「對了，羽衣小姐今天不在嗎？」

綠小姐一邊踩著我，一邊問。老實說，她的力道沒有那麼大，眞心想甩開也不是辦不到，但我沒有繼續再動。因爲我強烈地感受到她奮力想阻止我的心情。

環顧全桌，在這個躁動的家庭裡，只有垣內先生的太太露出一副難以置信的表情，可能從來沒有看過他們這一面吧。眞是可憐。我在心中這麼對她說。

「我也叫了羽衣……但她的身體還是不太舒服。都是因爲妳們調查水準這麼低，害她失去重新振作的機會。妳們得向她道歉吧。」

「我們馬上就去向她致歉。這次沒能幫上忙，眞的很抱歉。假如之後有任何新的進展，我們會再跟您聯絡。」

垣內先生哼了一聲。綠小姐低著頭，悄悄移開踩著我的那隻腳。

「我知道了……謝謝妳們特地來一趟。」

我們來到羽衣小姐的住處。她的神情暗淡，似乎爲調查的結果感到很沮喪。

「很抱歉，我們沒能幫上忙。如果又被散布新的照片，或者事情出現新的發展，請不用客氣，隨時跟我們聯絡。能力所及的範圍內我們會盡量幫忙。」

「妳們爲我做了這麼多，眞的非常感謝。這樣就夠了。」

羽衣小姐低下頭，似乎就要癱倒在地。我們向她低頭致意後，便離開了。

「這樣就結束了嗎？」

走回車站時，我問道。身高差不多到我肩膀的綠小姐，抬頭看著我。

「結束了。我們該做的都做了，不是嗎？」

「可是，被那些傢伙說成那個樣子，羽衣小姐又是這種狀況，妳的心裡不會很不痛快嗎？這就像明明進了一個工地，才剛組好鷹架就被趕出來一樣。」

「畢竟這跟建設業不一樣，偵探的工作是蓋不了大樓的。」

「這工作還眞是麻煩。」

無處發洩的怒氣，在我心中咕嚕咕嚕沸騰。

「綠小姐，妳看到羽衣小姐那個樣子都沒有感覺嗎？妳就沒有想過，她被散播那種照片心裡會有多不安嗎？」

「我當然想過，但我們不能對委託人過度移情，畢竟不是所有案件都有辦法解決。」

「可是，我覺得還有可以著手的地方。新宿的人那麼多，如果再找一找，說不定能找到認識鈴木的人。」

「這是工作，我們不可能無止境地投入資源。我們只能從委託人手中收費，在預算內竭盡全力。再說了，繼續這種無頭蒼蠅式的調查，我也不覺得能解決。」

不過……綠小姐手抵著臉頰，陷入沉思。

「爲什麼資訊會這麼少呢？我覺得有點奇怪。」

「什麼意思？」

「我之前也說過，鈴木的行動模式很不尋常。他這麼徹底地隱藏自己的來歷，但不管是傳播出去的照片，還是用Airdrop這種方法來散布，手法都不夠徹底。爲什麼會採取這種行動呢？」

「這些事光想也沒有用，不如早些把他揪出來，直接逼問他比較快。」

「還有他的頭銜，我也覺得奇怪。爲什麼要自稱是新創公司的董事呢？公司的商業登記證上都會記載董事的名字，一查馬上就會知道。他大可自稱是公務員啊……明明想徹底隱藏身分，怎麼會單單疏忽了這一點？」

「這也是等抓到人就知道了吧？」

綠小姐一直鑽牛角尖想這些事，我有點不耐煩。與其想這麼多，不如多跑幾個地方去打探消息。

我們來到車站。通過驗票閘門之前，綠小姐刻意給我打了一劑預防針。

「總之……結束的案子就別放在心上了。之後垣內先生或許會追加調查，到時再想想該怎麼辦吧。」

「喔。」

「切換心情也很重要。下週開始又會有其他工作進來。之後也要繼續拜託妳嘍，小要。」

她說的沒錯。休假之後，我又得展開另一項調查。鷹架工也一樣，不管多想負責某一棟大樓，工作中也不能擅自進入不是自己負責的工地。

「我知道，我會認眞工作。」

綠小姐的這劑預防針，彷彿刺進了我內心的更深處。

不過，那刺進來的針頭，隨著我的內心抽痛，一陣一陣地繼續跳動。

5

「不好意思，請問您見過這個人嗎？他叫鈴木。」

「我在找這個男人，如果有印象請告訴我，也麻煩您拿給家人看看。」

「什麼都可以，如果有任何印象還請告訴我。」

新宿東口。我在可以看見阿爾塔大樓的廣場前發著鈴木的肖像畫。

上班時間不能擅自行動，但假日要做什麼公司就管不著了吧？我知道這個說法很牽強，但還是故意裝作不懂。

「只要我忍一忍，事情就會過去了。」

我在羽衣小姐身上看到了一年前的自己。當時我吞下自己的主張，放棄鷹架工的工作。

那個時候如果除了風間學長之外，有人願意站在我這邊，或許我能繼續待在公司。我還想當鷹架工。眼下這種情況，如果我不當那個「人」，誰會站出來？

新宿的人潮洶湧，幾乎沒有人多看發傳單的我一眼。這根本不算什麼。我曾經在大熱天裡揮汗搬運發燙的建材，在吹著強風的高處站在狹窄的鋼骨上搖搖晃晃架設屋梁，什麼苦沒嘗過？既然要解決連綠小姐也無法解決的問題，就得比她勤快好幾倍才行。

從下午一直發傳單發到傍晚，願意收下的人慢慢變多了。

我漸漸掌握到遞出傳單的時機，以及說話的訣竅。看到這疊愈來愈薄的傳單，我有預感可以找到鈴木。

「不好意思，小姐。」

就在這時，突然有人向我搭話。轉頭一看，我大吃一驚。

一個上了年紀的警官跟年輕警官站在我面前。

「妳在這裡做什麼？有申請許可嗎？」

「許可？需要許可嗎？」

「當然啊。不可以隨意在路上發傳單。妳沒有許可嗎？總之先收起來，青梅街道那邊有警署，先去那邊申請許可。」

我被年長警官威嚇的聲音震懾住沒敢回話，年輕警官拿走了我手上的傳單。

「在找人嗎？」

他的說話方式很溫柔，讓我覺得對方或許能理解。

「對啊，在找這個人。因爲我朋友遭到色情報復。」

「色情報復？」

「這個男人到處散布我朋友的裸照，現在不知去向，我只能用這種方法找他。」

「聽起來不太妙，報警了嗎？」

「有，但警方沒有受理，說是還沒辦法立案。」

「哦，是嗎？確實搜查起來不太容易，但現在色情報復已成爲嚴重的社會問題。我看看能不能幫忙，讓妳朋友的案子順利立案。」

「眞的嗎！」

意外的援軍登場，我興奮地上前。年輕警官面露同情，看起傳單。旁邊的年長警官則一臉不悅。

靜靜看著傳單的他，突然睜大了眼睛。

「哦，是市內號碼啊？」

他指著肖像畫下方的電話號碼。

「這是妳家，還是委任律師的電話號碼？」

糟了。我考慮了很久，心想假如出現目擊者橫豎都得跟公司報告，就寫了榊事務所的號碼。

「這不是我家，可能……比較接近律師吧。」

「什麼叫接近？律師不會在沒有許可的情況下發傳單吧。」

「也是啦。」

「妳該不會是……偵探社的人吧？」

這次輪到我臉色變了。年長警官的眼睛很利。

「等等，妳是徵信社的人？」

「要這麼說也是啦。」

「專業的公司還公然違法，未免太離譜了吧。公安委員會的登記號碼是多少？這是你們公司的指示嗎？」

「請問……如果我是偵探，會怎麼樣？該不會被勒令停業吧？」

「現下是我在問妳問題吧。妳是哪間公司的？」

汗滴到太陽穴附近。年輕警官開始對著無線對講機說話。我東張西望，可是在擁擠的人潮中，實在不可能有逃脫的路徑。

「那邊就是派出所，跟我們過去一下。」

「對不起啦，我馬上離開。」

「現在不是妳離不離開的問題。徵信社是獲得國家許可才能營業，不能隨便亂來。快點，走吧走吧。」

「等等，這不算強制訊問吧？」

「啊？」

「我聽說這應該算是任意偵查……」

「妳說什麼？」

年長警官的表情頓時變得不太好看。年輕警官的表情也跟剛剛判若兩人，十分嚴肅。

——綠小姐。

對不起。我在心中向她道歉。

「須見？」

這時，背後傳來了一道聲音。

轉頭望去，我忍不住驚呼。

站在我身後的是風間學長。

我試圖打電話給綠小姐報告剛剛的狀況，但打了幾次都沒接通。打到第五次時，我決定放棄，走回座位。

「怎麼樣？」

「嗯，反正明天會見到面，我再直接跟她說。」

「不過眞沒想到會在這種地方見到妳。」

居酒屋裡，坐在我對面的風間學長一口氣喝乾大杯的生啤酒。

風間學長結束新宿工地的工作剛下班。本來想到歌舞伎町附近喝點小酒，碰巧發現跟警察起爭執的我。

多虧有能言善道的風間學長介入，警察好不容易鬆口放我一馬。但警方願意相信此事純屬我的個人行爲的前提是，得老實交代出榊事務所的名稱。看來之後免不了挨一頓罵。

「學長現在是在新宿工作嗎？」

「嗯？喔，對啊，西口那邊的大樓。三個月前剛進現場。」

「三個月前啊。那你見過這個男人嗎？」

我遞出傳單。風間學長看了很久，搖搖頭說：「認不出來。」

「看來妳還在老地方工作。」

知道我還在上班，風間學長似乎很高興。

「好不容易持續了一年。不過，總覺得依然有滿多不習慣的地方。」

「短短一年怎麼可能習慣呢，這才算剛開始吧。」

「有些事情很快就習慣了啊，像是鉛球或鷹架。」

「怎麼了嗎？是不是有什麼煩惱？」

學長的笑容一暗。「沒有啦，也不算煩惱。」我不好意思讓學長照顧我的心情，於是點了平時並不愛喝的酒。啊，我又在忍耐了。如果可以當場說出自己眞正的心情，不知道會有多輕鬆。

喝著送上來的啤酒，一邊跟學長報告近況，右手忽然陣陣刺痛。血液循環一好，椎間盤突出就會發作。我把右手藏在桌子底下，不讓學長看見。

「很少看到學長這樣呢。平時你不是都會跟大家一起去喝酒嗎？今天怎麼只有一個人？」

「就是啊。」

「該不會是要去找小姐吧？小心我跟你太太告狀。」

有了幾分醉意，我說話也隨便了起來。風間學長搔著臉頰。

「反正遲早會知道，就先告訴妳吧。」

「怎麼了？」

「其實我辭職了，現在自己開業。」

我手上的啤酒杯差點滑落。風間學長的表情很認眞。

「那……那眞是恭喜啊。所以現在應該叫你社長嘍。」

「對啊，不過想當社長的話，人人都能當啦。」

「不不不，這很了不起。但你怎麼不早說？我可以給你送個賀禮。」

「抱歉，最近一直忙著處理不熟悉的文書資料，沒太多時間。」

風間學長喝光追加的大杯啤酒，深深吐出一口氣。

我感到心跳加遽。

說不定，我有機會重回鷹架。

右手好痛。過去改變了我的生活的疼痛和痲痺，至今仍像地雷般埋在我的身體裡。一般情況下，這種狀態不可能勝任鷹架工的工作。

但既然風間學長獨立開業，那就另當別論了。搞不好他願意配合我的身體狀態，靈活分配工作給我？

「現在沒請人嗎？」

別再忍了，想說什麼就說吧。現在不就是最好的時機嗎？

風間學長瞥了我一眼。

「要請啊，現在開始慢慢找。」

「所以還是需要找人呢。」

「是啊。畢竟一個人接不了大案子，當然得請人。」

心臟跳得很快。「那——」就在我打算繼續往下說的時候，學長先開了口。

「腰塚會過來。」

「啊？」

那個跟屁蟲腰塚先生——

「另外我已估好要僱幾個人，下個月就能正式開工。」

「腰塚先生嗎？」

「很意外嗎？那傢伙是很好的鷹架工啊。他有一級鷹架技能士的執照，技術也不錯。以後想培養他當監工，所以我最先邀的就是他。」

「是嗎？也對……」

學長的聲音好像愈來愈遠。風間學長很清楚腰塚先生當初想排擠我的事，但他似乎一點猶豫都沒有。

「我還算過得去啦。別說我了，須見，談談妳的工作吧。」

我感到一絲涼意掠過胸口。

我走在新宿南口。時間是晚上九點。中午過後我一直待在新宿，這個地方一整天都人擠人，到了這個時間依然很熱鬧。

遠處的大樓上放著兩台塔式吊車。那是被稱爲新宿南口計畫的工程，正在新建大樓、連接露台。在綠色工作燈的照亮下，吊車寂寥地靜靜佇立。喧囂的夜裡，只有這裡顯得很安靜。

酒醒了。椎間盤突出的症狀平息，但我的胃裡彷彿有一顆無法消化的硬石。

我一直懷抱著期待。

希望能再跟學長一起工作。我想重新當鷹架工，穿上工作服再次站在鋼架上。

學長獨立創業卻沒告訴我，應該是出於體貼吧。他很清楚，如果我知道他選了腰塚先生，而沒有選我，一定會覺得沮喪。話都說到那個地步，他也不能不坦白。既然如此，只好大大方方說出來。我很明白風間學長心裡是怎麼想的。我現在非常懊悔，都是我擅自懷有期待，才逼得學長說出那些話。

我看著塔式吊車下，被整片養護膜圍起來的工地。養護膜拉得十分平整，就像一面牆。以前風間學長常說：「養護膜得拉緊，直從到遠處看起來像一堵牆一樣平整。」這是一流鷹架工特有的美感。

疼痛再次襲來，像是忽然想起這件事。我摸著自己的右手，暗道：我知道。我已無法再走進養護膜裡了。

臉頰有點冰冷。

一滴眼淚從我眼中落下。

這是怎麼了？我怎會爲這種事情掉眼淚？眞蠢，我一邊這麼想，一邊用手背擦掉眼淚。我沒有再掉淚，剛剛那滴淚就像是轉瞬停歇又忽來的一陣雨。這讓我有點安心。

這時——

牛仔褲口袋裡的手機震動。一看，是綠小姐打來的電話。

「抱歉，妳打了好幾次電話給我吧。公司那邊把事情都告訴我了，怎麼了？妳沒事吧？」

看來，她已知道事情的經過。我早就做好挨罵的心理準備，她的口氣卻像在擔心我。聽到她溫柔的聲音，我又想哭了。

我忍著眼淚，開始說明經過。綠小姐沒有打斷，靜靜等我說完。說明的過程中，我意識到自己所做的事情有多嚴重。我沒有遵守公司的方針，感情用事，還鬧到出動警察。

不只是鷹架工，可能我連繼續當偵探的資格都沒有。

「對不起，我毀壞了公司的名聲。任何處分我都接受。」

「哎，沒那麼嚴重啦……倒是妳，犧牲假日去調查，還好嗎？」

「對不起。可是一想到羽衣小姐，我就很想替她出點力。」

「這樣啊……」

綠小姐安靜了下來，似乎在思考。我知道她是眞心爲我著想，這也讓我更愧疚。我今天眞的受到很多人的照顧。

「我放棄了。」

「啊？」

「不能再給大家添麻煩了。今天還讓妳和風間學長都替我擔心。」

「風間先生？」

「我跟警察起了一點爭執，多虧他剛好經過，開口幫我交涉，事情才能收場。」

「那妳運氣眞好。風間先生果然名不虛傳，爲人很可靠。」

我的胸口一緊。沒錯，風間學長依然是那個可靠的前輩。是我這副不中用的軟弱身體，沒能獲得他的青睞。

啊，眞是夠了。今天不管想什麼都會想到那件事。我討厭這樣不乾不脆、陷入煩惱中的自己，還是快點回家睡覺吧。

「……綠小姐？」

這時我才發現，在我胡思亂想時，綠小姐一句話也沒說。

「怎麼了嗎？」

「噓！」

傳來簡短的喝斥聲。綠小姐判若兩人，讓我很驚訝。

「……我知道了。」

沉默了一分鐘之後，她終於開口。

「我知道鈴木和也在哪裡了。」

「咦？」

「風間先生啊。我怎麼沒想到呢？應該更早發現的。」

我聽得一頭霧水，沒等我思考，電話另一頭就傳來了話聲。

「小要，能不能拜託妳一件事？可能不太容易，妳願意試試看嗎？」

6

我摸著淺藍色外牆，長年的污垢沾染到手上，指尖變得黑漆漆的。

爬樓梯上了二樓，來到角落的那一戶。晚上七點，昏暗的光線下，綠小姐與我四目相對，互相使了個眼色。

按下門鈴，羽衣小姐從門鍊那一側探出頭。

「……怎麼了嗎？」沒有事先約好就造訪，讓她起了戒心。

「突然來打擾，眞是抱歉。我們今天是來報告調查結果。」

「啊？報告？」

「對，我們找到鈴木和也了。」

羽衣小姐驚訝得瞪大眼。

「什麼？妳們……找到和也了？他在哪裡？」

她讓我們進了屋，三人圍坐在矮桌邊，羽衣小姐開口問道。

不同於先前沮喪消沉的樣子，她似乎很想得知調查結果。綠小姐喝著茶，想轉移她的注意力。

「其實，有幾件事我一直不明白。」

綠小姐慢悠悠地開口。

「首先，鈴木和也爲什麼要用假名跟妳接觸？假如是不希望往後牽扯不清才隱瞞來歷，這我可以理解。但如果是這樣，爲什麼分手之後他還那麼執著，甚至不惜進行色情報復？」

還有——綠小姐繼續說：

「他僞裝的方法也很半調子。其實最重要的個人資訊就是長相，在妳面前暴露三個月之久，本身就是一件很危險的事。這次雖然我們沒有照會到，但手機號碼也是重要資訊。公司根本不存在這件事，一查馬上就知道。如果他不要自稱是公司董事，隨便說是某間大企業的員工還好一點，比方說三河社之類的。」

羽衣小姐的太陽穴附近微微抽動了一下。

「另外，包括用Airdrop散播照片的手法，以及散播的照片都很半調子。鈴木的所作所爲可說破綻百出。我一直不懂其中的原因。」

「這些都不重要，重要的是和也在哪裡？」

「前幾天，我們去了令兄的新家。」

羽衣小姐的表情蒙上一層陰影。

「武藏小杉那間公寓很漂亮。他太太人長得美，父母看起來也十分體面、有相當的社會地位，眞是耀眼的一家人。」

綠小姐故意看了一眼滿是刮痕的膠質地板，羽衣小姐明顯表露不悅。

「但另一方面，垣內家的各位似乎都有著極端的價值觀。一聽到我們調查失敗，立刻追問我們的學歷，得知須見只有高中畢業還幹過體力活，便輕蔑不已。看來你們家的人非常重視學經歷等外在的社會地位。」

「妳一直兜圈子，到底想說什麼？和也他人呢？」

「羽衣小姐，妳跟令兄的感情並不好吧？」

這句話如同一把利刃，羽衣小姐面露怯色。

「傲人的學歷、體面的工作，令兄好像很能適應你們家的價值觀，妳卻不一樣。能幹的哥哥、沒用的妹妹，你們對彼此應該都有一些想法吧？」

「那又怎樣？」

羽衣小姐的話中帶刺。

「妳該不會是想說，散布那些照片的是我哥吧？」

「不，不是的。令兄這麼做一點好處都沒有。而且他不可能在這麼做之後，又花大錢委託徵信社調查。」

綠小姐緊盯著羽衣小姐。

「是妳。」

羽衣小姐瞪大了眼睛。

「是妳把自己的照片，在新宿散布出去的。」

緊張的空氣就像繃直的鋼纜。一不小心碰觸到這銳利的空氣就會割破手指。

羽衣小姐什麼都不打算說。綠小姐似乎料到會是這種反應，繼續道：

「這麼一想，一切就都說得通了。鈴木和也只存在於妳的腦中，一切都是妳自導自演。」

就像風間學長之前說過的惡劣工務店。

跟我通電話時，提到風間學長那一瞬間，她想到了這個可能性。跟風間學長之前任職的工務店的手法一樣，這次的事件可能也是羽衣小姐自導自演。

「但要捏造一個虛擬人物沒那麼簡單，更別說是僞裝色情報復了。首先，需要設定交往的期間。妳給我們的那張鈴木的背影照片，應該是在新宿街頭隨便拍下的吧？繪製肖像畫所需的特徵也是隨口胡謅的。然而，就算能編造人物的外型，也很難編出公司名稱和電話號碼。最後塑造出一個隱瞞自己來歷，卻對前女友糾纏不清的矛盾人格。」

「等一下。」

羽衣小姐打斷她。

「爲什麼我要這麼做？妳說我故意散布自己的那種照片？這對我有什麼好處？」

「正常情況下，確實沒有什麼好處，但妳的目的並不正常。」

「什麼？難道妳想說我是暴露狂？」

綠小姐搖搖頭。

「妳的目的並不是散播照片，而是另有眞正的目的。」

綠小姐探出身子。

「足不出戶一個月，這就是妳的目的。」

「受到色情報復的妳，因爲精神大受打擊，整整一個月都沒走出家門。妳爲了名正言順地把自己關在家裡，故意散布自己的照片。」

羽衣小姐瞪大了眼睛，凝視著綠小姐，像是要看穿她。

「至於爲什麼要把自己關在家裡？理由只有一個。在這一個月當中，府上有件大事吧？就是令兄的婚禮。」綠小姐又前傾了一些，繼續道。

「拜訪令兄府上時，他提到上個月辦完婚禮，才剛搬家。妳無論如何都不想參加這場婚禮。如果出席婚禮，就得看著擁有傲人的學經歷、娶了漂亮老婆回家的哥哥，登上人生勝利者的舞台。妳得面對自己和哥哥之間的差距。然而，如果沒有充分的理由，不可能不出席親生哥哥的婚禮。若是無故缺席，可能會被視爲嫉妒哥哥所以選擇逃避，託辭生病也可能被說是裝病。但要把自己弄傷到需要住院的地步又太難了，於是妳想到因『精神受創』而缺席這一招。」

綠小姐拿出手機，螢幕上是羽衣小姐遭「色情報復」的照片。

「可是，在網路上散播自己的裸照，擴散得太誇張可能會受到反噬，害自己在社會上無處容身。如何在散布色情報復用的照片時，將自己的受害程度抑制在最小限度？妳想到用Airdrop散布裸露程度較低的照片這個方法。在擁擠的新宿街頭不斷散布照片，等待某個接收的人傳到網路上。等到發現網路上的照片時，就裝出大受打擊的樣子，把自己關在家裡。還眞是巧妙。一張看不出什麼脈絡的照片在網路上被轉發，就算當事人會受到衝擊，其實沒有太大的擴散力。假如沒有人轉發，最後妳打算自己動手吧？這次運氣不錯，剛好有朋友看見第三者上傳的照片。」

從羽衣小姐的表情就看得出，綠小姐的推理沒錯。

「使用Airdrop的理由還有一個，那就是不會留下證據。如果直接上傳網路，IP位址會暴露投稿地點，說不定會被發現就是妳本人。可是Airdrop不經由網路，也不會留下紀錄。妳說是害怕鈴木糾纏所以換了手機，其實是把之前用的iPhone處理掉了吧？」

不過——綠小姐繼續往下說：

「故事到這裡尚未結束。即使妳很討厭令兄，他仍擔心妳，到處奔波，設法想找出犯人，甚至僱用偵探。妳不得不繼續編造一些不自然的謊言，所以才會漏洞百出。」

「妳不要信口胡說。」

羽衣小姐低著頭，顫聲反駁，就像個怯懦的孩子。

「我沒有做這種事，我是受害者。妳不要胡說八道……」

「是嗎？如果我說的是正確的，那就表示我們被妳耍得團團轉。」

「我沒有耍妳們……我真的受到色情報復。妳太過分了……明明沒有證據，卻把我說得跟壞人一樣……」

「須見！」

聽到綠小姐叫我，我嚇了一跳。那尖銳的呼喚聲，跟風間學長在工地叫我的聲音非常像。

我拿出手機，放在羽衣小姐的面前。

「這是……」

羽衣小姐臉上寫滿了驚愕。

「這就是『鈴木和也』。」

螢幕上是一個男人的正面照。

肩膀很寬，五官輪廓深刻，長得十分英俊。

「我們的證據只有一個，那就是妳在新宿人群中隨手拍下、告訴我們是『鈴木和也』的那名人物。既然如此，我們只能把那個人找出來。」

「這種東西能成爲證據嗎？誰能確定他是照片上的……」

羽衣小姐說到一半，猛然摀住嘴巴。綠小姐淺淺一笑。

「看來妳也承認是隨便亂拍的吧？對了，聽說這套西裝是特別訂製的。所以體格相同、穿著同一套西裝的人，同樣走在新宿的街道上的可能性非常低。」

說著，綠小姐拍了拍我的肩膀。

「須見找遍了整個新宿。要在那樣的人潮中找出一個男人，對我們專業偵探來說也不簡單，但她想相信妳。其實她很不希望找到，卻還是努力去找了。妳能明白她的心情嗎？」

我對上了羽衣小姐的視線。她害怕地垂下目光。

「羽衣小姐，就算是爲了須見，也請妳承認吧。我想結束這場調查。」

我握著自己的手，暗自祈禱羽衣小姐會願意承認。

羽衣小姐依然低著頭，一句話也不說。「拜託妳了。」綠小姐持續進逼，羽衣小姐頹然垂下肩膀。

「我哥他……」羽衣小姐終於開口。

「爲什麼我哥要委託偵探調查？妳知道嗎？」

「應該是擔心妳吧？」

「不，因爲我哥害怕被我贏過。」

羽衣小姐自嘲般地笑了。

「別看我現在這個樣子，中學時我的成績還算優秀。雖然不如我哥，但當時上的是私立的升學名校，書也念得不錯。女人在我家的地位很低，從我母親身上妳們應該也看得出來吧？」

「嗯……確實有這種感覺。」

「聽說我出生的時候，父母一點也不開心。我很想改變他們的想法。我希望能上好大學、進好公司，讓他們另眼相看。」

她一直盯著矮桌的桌面，大概是不想正視這間老舊的屋子。

「國三時，補習班的模擬考我考了全國第九十五名。平常都只能考到五百多名，那次是運氣好，才能進到兩位數之內的排名。不過我哥似乎第一次意識到我成了威脅，在那之後，他就開始攻擊我。只要我稍微犯了一點錯，或是有做不好的地方，他就會一件一件提出來找我麻煩，發現我做不到的事就會取笑我。羽衣什麼都不會，得由我來保護她——這句話成了他的口頭禪。一開始我沒理他，我知道他想把我往不好的方向拖，這大概就是所謂的語言的力量吧。每天被人說我什麼都不會、我很糟糕，久而久之，我好像眞的成了一個糟糕的人……」

羽衣小姐忽然輕輕一笑。

「我哥怕的是我的『男朋友』。」

「怕妹妹的男朋友？」

「對呀，很好笑吧。但我是說眞的。比起妹妹遭到色情報復這件事，我哥更害怕我的男朋友。如果我身邊眞的有個像『鈴木和也』一樣的對象，那他長年以來建立的地位，可能會從此逆轉。這就是我哥最害怕的事……他假裝擔心我，試著調查『鈴木和也』這個人，卻沒有找到。這時他可能起了疑心，才僱用妳們，想確認我男朋友的來歷。假如我說的是假話，其實『鈴木和也』只是普通的上班族，他就不用擔心自己的地位，可以繼續當一個保護愚蠢妹妹的優秀兄長……」

愈聽心情愈沉重。看似彼此關心的這對兄妹，似乎比我的家庭關係更扭曲。

拜託妳們——羽衣小姐說：

「請不要把這件事情告訴我哥。」

她頭低得幾乎碰到地板。

「如果知道我爲了逃避參加婚禮，僞裝遭到色情報復，對我哥來說簡直是大好機會。他一輩子都會不停攻擊我吧。我哥應該接受了沒有找到『鈴木和也』這個結果，對嗎？妳們也沒必要再去向他報告了啊。」

「我告訴過令兄，如果有什麼進展會向他報告。再說，我們的委託人是令兄。身爲專業的偵探，不能背叛相信我們、把錢交付到我們手裡的客戶。」

「我哥毀了我的人生，這種人妳們還要幫他？」

「我們能做的只有進行調查。對於調查的內容當然會負起責任，但調查引發的結果，必須由委託人自行承擔。」

「怎麼會……」

羽衣小姐無力地垂下頭。綠小姐冷酷地看著她，宛如一堵堅硬的混凝土牆。

（我交了。）

綠小姐的聲音在我耳邊甦醒。

（如果就這樣把報告書交上去，可能會讓委託人變得不幸。這種時候妳會怎麼辦？）

羽衣小姐渾身顫抖。曾經在我們面前扮演色情報復受害者的人，此刻眞的倍感痛苦。

綠小姐是正確的。但難道就這樣不管這個人嗎——？

不去理會這個終於對我們說出眞心話的人？

「請等一等。」

開口的瞬間，綠小姐看著我。

「怎麼了？」

她的眼神銳利，帶有冰冷的魄力。我去過很多不同的工地，也被很多師傅看不順眼、痛罵過。綠小姐的眼神比至今我所見過的都更加可怕。此時，她就像一頭渾身充滿殺氣的野獸，企圖排除所有入侵自己地盤的東西。

好可怕。一股陌生的恐懼襲來。

我不能在這裡放棄。

「我想確認一件事。羽衣小姐爲什麼要說『鈴木和也』是新創公司的董事呢？」

綠小姐嚴厲的目光直盯著我不放。羽衣小姐仍不停顫抖。

「謊稱對方是公務員之類的職業，應該更不容易被發現。還有那張照片，假如只是要拍照，大可在這裡拍，妳卻特地挑了高級飯店，這是爲什麼呢？」

我心中已有答案。

「其實妳和妳哥哥一樣，不是嗎？」

羽衣小姐頓時停止顫抖。

「妳應該想對哥哥這麼說吧？『我在跟高你一等的人交往。現在我雖然過著這種生活，但我隨時有可能翻身。』除了躲避參加婚禮，羽衣小姐也想讓哥哥知道這件事。所以捏造男朋友的身分時，才會設定這種高社經地位。只是這麼一來，不就跟妳哥哥一樣了嗎？」

羽衣小姐一動也不動。

「綠小姐之前對我說過，我們在人生路上會被許多水滴穿透，各自變成不同的形狀。羽衣小姐和妳哥哥，是一樣的形狀。你們生長在一樣的家庭裡，一直被一樣的水滴侵蝕穿透，最後變成一樣的形狀。可是，妳希望一直這樣嗎？一直跟哥哥相爭下去？更重要的是，妳喜歡這種價值觀嗎？」

我接著說：

「我跟妳一起去報告。」

羽衣小姐抬起頭。綠小姐盯著我。

「我們不能不報告調查結果。但我不覺得只要公事公辦，報告完就好。我想坦坦蕩蕩地告訴他們爲什麼妳會這麼做，讓妳從扭曲的價値觀中解放。我認爲這是個好機會。」

——我很卑鄙。

我在這個人的身上看到了自己。

我想起把我從公司裡趕走的腰塚先生。那個人也有著被水滴侵蝕的極端價值觀，抱持女人不可能當鷹架工的成見。而我並沒有戰勝他的價值觀。

我希望眼前這個人能贏。這樣的情感驅動著我。我自私又自我的醜陋願望，強加在這個人的身上。

不過，這就是我。

這就是我該做的事。

或許有點多管閒事，這也不是偵探該做的事，但這就是此時此刻的我，所能做出的最好選擇。

「羽衣小姐，我會幫忙的，所以妳能不能……」

拜託了——這都是我一廂情願，我只能不斷低頭拜託她。

7

我和綠小姐走在通往車站的路上。

綠小姐什麼也沒說。她不像平常那樣溫柔，好像不太高興。

「小要。」

走了一會，她輕聲開口。

「我之前說過，如果妳覺得自己不適合當偵探，不需要勉強。」

啊，我要被開除了嗎？——不只傳單那件事給公司添麻煩，今天還把綠小姐晾在一邊，擅自行動。一個在現場擅自行動的鷹架工，只有退場一條路可走。

「我收回那句話，我希望妳能繼續當偵探。」

「咦？」

「雖說手法有點牽強，但這次的案子如果沒有妳就不可能解決。要不是妳這麼有毅力，緊追不捨，我們就沒有今天。而且最後妳還拯救了羽衣小姐。」

羽衣小姐最後答應了我的請求。我們約好改天一起去找她哥哥說明事情的經過。

「這些事我辦不到。這個世上一定有非妳不可的調查工作，我希望像妳這樣的人能留在公司，不行嗎？」

「也不是不行啦……我真的可以嗎？」

「妳的意思是答應嘍？」

我很驚訝。說起來像是請求，其實根本沒有給人拒絕的餘地。平時總會給人選擇空間的綠小姐，罕見地使用命令的口吻。

「非我不可的事……」

我喃喃自語，忽然聽到一陣施工的聲音。

跟上次不同的地方，又蓋起了獨棟房屋。工人正在用打夯機夯地，現場充滿即將蓋起一棟房屋的高昂氣氛。

在噪音當中，綠小姐露出懇求的眼神，凝視著我。跟她觀察垣內健太時的冷酷眼神完全不一樣。原來綠小姐也會有露出這種眼神的時候。

「那個。」

我指向某個東西。

「方便借用妳的數位相機嗎？」

「咦？」

「相機。妳常用的那台相機，可以借我一下嗎？」

「爲什麼？這不是什麼值得特地借用的機型啊……」

嘴裡嘟囔著，綠小姐還是從包包裡取出數位相機，交到我的手上。銀色的機身暗淡，看來用了很久。

我打開相機的電源。

綠小姐一臉狐疑地看著我。「綠小姐。」我對她笑了笑。

「我們拍張紀念照吧。」

「紀念？紀念什麼？」

「當然是紀念我們第一次的調查工作順利結束啊。請過來這邊。」

「怎麼這麼突然？小要，妳怪怪的耶……」

我用力攬過綠小姐的肩，另一手舉起相機。綠小姐困惑地望著我。

「羽衣小姐答應我的時候，妳似乎很高興。」

「咦？」

「我都看到了。那個時候綠小姐彷彿鬆了一口氣，笑了一下。我好像窺看到了，點綠小姐的『人性』。」

「我的『人性』……？」

「對啊。」

羽衣小姐決定往前走時，這個人確實由衷爲她感到高興。雖然只是短短一瞬間，但因爲我也很高興，所以印象特別深刻。

這個人的「人性」，應該不僅僅是想冷酷地觀察別人。

可能她自己也還沒有察覺到吧。

「快點，跟剛剛一樣笑一下嘛。」

綠小姐似乎放棄了抵抗，僵硬地對著鏡頭微笑。我露出笑容，按下快門。

走過無數個季節的這台相機，過去可能多次發出「咔嚓」的清脆聲響，拍下許多「人性」。

——跟著這個人，或許我也可以辦到。

我不知道自己適不適合當偵探。今後可能還會遇到各種挫折，但總之試試看吧。跟著這個人，應該能找到最適合我的偵探之道。

原來我也有這種時候。總是隨波逐流的我，偶爾也會有冒出這種念頭的時候。

「以後還請多多指教啊。」

看著鏡頭說出這句話的瞬間，打夯機的聲音變得更大，綠小姐的回答被這些聲響掩蓋。噠噠噠噠的聲音，在我的耳裡聽起來既像是訣別，也像是祝福。

參考文獻

岡田眞弓《偵探現場》（角川新書）
阿部泰尙《偵探地下事件簿：霸凌、外遇、竊聽、離家出走、詐欺調查之實態》（Valley field）
渡邊文男《完全偵探手冊：跟蹤、竊聽、尋人——一次看懂專家手法》（德間書店）
大澤知己《偵探的技法》（East Press）
福田政史《偵探這一行》（幻冬舍Renaissance）
福田政史《現役偵探的調查檔案：七個奇妙的委託人》（双葉文庫）
松本耕二著．櫻幸子偵探學校監修《打開潘朵拉的盒子：偵探業的表裡》（財界札幌）
森秀治《偵探就在這裡》（駒草出版）
谷川千草《享受香道：組香入門》（淡交社）
中村祥二《調香師手帖：探索香氣世界》（朝日文庫）
嶋本靜子《香氣的源氏物語——任何時代中香氣皆能表現人心》（旬報社）
平山令明《「香氣」的科學：從味道的眞面目到效能》（講談社Bluebacks）

鎖與鑰匙研究會《開鎖手冊「第5版」》（Data house）

多湖弘明《鳶架工：奔馳在數百公尺上空的工匠祕密》（洋泉社）

森永洋著・溝淵利明監修《森永洋一探土木現場！》（ASPECT）

出處一覽

虛假的女孩　《小說　野性時代》二〇一八年七月號

龍有餘香　全新創作

開鎖的聲音　全新創作

溜冰圓舞曲　《小說　野性時代》二〇二一年二月號

消失的水滴　《小說　野性時代》二〇一九年十一月號

謝辭

感謝現居京都的友人田中勝明先生爲我監修京都方言，另外友人松本光司先生針對土木建築相關知識提供了見解，謹在此致上誠摯的謝意。作品中的記述如有謬誤，責任皆屬筆者。

如果沒有前任責任編輯榊原大祐先生的幫助，不可能有機會開啓本系列，以及在《小說 野性時代》雜誌上刊載的三則短篇，致上我由衷的感謝。謝謝各位。

NIL 44／偵探的五個季節

原著書名／五つの季節に探偵は
原出版者／KADOKAWA
作　者／逸木裕
翻　譯／詹慕如
責任編輯／陳盈竹
編輯總監／劉麗真
榮譽社長／詹宏志
發 行 人／何飛鵬
出 版 社／獨步文化
城邦文化事業股份有限公司
115台北市南港區昆陽街16號4樓
電話：(02) 2500-7696　傳眞：(02) 2500-1951
發　行／英屬蓋曼群島商家庭傳媒股份有限公司
城邦分公司
115台北市南港區昆陽街16號8樓
網址／www.cite.com.tw
讀者服務專線／(02) 2500-7718；2500-7719
服務時間／週一至週五：09：30～12：00　13：30～17：00
24小時傳眞服務／(02) 2500-1900；2500-1991
讀者服務信箱E-mail／service@readingclub.com.tw
劃撥帳號／19863813
戶名／書虫股份有限公司
香港發行所／城邦（香港）出版集團有限公司
香港九龍土瓜灣土瓜灣道86號順聯工業大廈6樓A室
電話／(852) 2508-6231　傳眞／(852) 2578-9337
E-mail／hkcite@biznetvigator.com
馬新發行所／城邦（馬新）出版集團
Cite (M) Sdn Bhd
41, Jalan Radin Anum, Bandar Baru Seri Petaling,
57000 Kuala Lumpur, Malaysia.
Tel: (603) 90563833
Fax:(603) 90576622
email:services@cite.my
封面插圖／gemi
封面設計／高偉哲
排　版／游淑萍
印　刷／中原造像股份有限公司
●2024年1月初版
●2024年8月15日初版二刷
售價399元
ITSUTSU NO KISETSU NI TANTEI HA

ISBN 9786267226995（平裝）
9786267226971（EPUB）

國家圖書館出版品預行編目資料

偵探的五個季節 / 逸木裕著；詹慕如譯 . –
初版. – 台北市：獨步文化，城邦文化出
版：家庭傳媒城邦分公司發行，2024.01
面 ； 公分. --（NIL ; 44）
譯自：五つの季節に探偵は
ISBN 9786267226995（平裝）
9786267226971（EPUB）
861.57　　112019028